胡赳赳 著

论孤独

中国出版集团
中译出版社

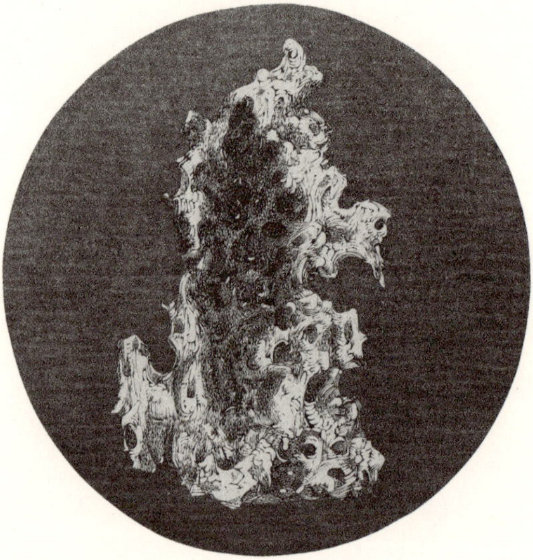

目录

论孤独

书信五通

代序

2014年

9—10月

由诗人和艺术家约定，各自以书信的形式展开五次“笔谈”式对话，意在恢复已经近乎消失的“书信传统”；重新探讨信息化时代业已疏离和陌生的“笔、纸、信”的日常性应用；传递交流之际“以手写心”“笔迹即心迹”的气息感、温暖感和质朴感，并能够以物质化的形式保留交谈者的手稿。

在此纯粹精神性的交流过程中，“孤独”的主题得以深入讨论，“孤境独照”作为一种精神体悟被发露出来，并且延伸到对艺术特质、对“读写”和“创作”的追问，其中通篇流露出诗人和艺术家的精义之见，以及对生活方式的侧写。在浸润于对中文的巨大敬意中时，交谈者重新建构了某种文化自信，并获得了形而上的存在意识、文本体验和交流的“童趣”。

①

晶晶：

中秋好。

我一直在试图推迟或逃避这场谈话，但它还是要出现的。“孤独”的主题，摸不着边际，即便你理解了万物、胸中充满着万有，它还是“万古如长夜”。燃灯佛对付不了它，孔圣人对付不了它。退一步讲，或许，如哲学家一直抱持的观点那样：“孤独是生存的本质。”

释氏将自己的精舍命名为“孤独祇园”（注：即舍卫国祇树给孤独园），他开悟时说：“天上天下，唯我独尊。”（注：《大唐西域记》记载，为释尊诞生时，向四方行七步，举右手而唱咏之偈句：“天上天下唯我独尊，今兹而往生分已尽。”）或许是因为他洞穿、参透了“生存的本质问题”吧。徒留下我等凡夫俗子，苦苦求索，真是“人类一思考，上帝就发笑”的。老子讲“绝圣弃智”“智慧出，有大伪”，正是这层意思——当你执着于某一个问题时，那个问题的答案已悄然溜走。而你放弃思维，运用直觉与意识，将“心的体验”融入“相续”之中，“实相”便如“香象渡河，截流而过”的游戏。“魔法师”出现了，许多问题迎刃而解，即便孤独，也是一个“是孤独，非孤独，名孤独”的“概念”。当我们讨论它时，它便不存在了。而当我们以为找到最终、最正确的答案时，它又如影随形地出现了。因此，谈论“孤独”本身是个不讨好的方式，或许，我们应该去读读铺天盖地的哲学论著，读读叔本华、尼采，读读佛陀、达摩，读读里尔克的《秋日》：“谁此时孤独，就永远孤独。”阿多尼斯也讲：“我的孤独是一座花园。”保罗·奥斯特则写了一本书《孤独及其所创造的》。

是的，人总有夜深人静的时候。夜深人静时，更易有孤独的感觉。我想起早年所欣赏的武侠小说家古龙先生的一句妙语：“我感到寂寞，于是走到人群中去，此时却倍感孤独。”

我们被“假想的时间”制造出“分离”和“推送”，仿佛我们再也回不到母体，回不到子宫，回不到“父母未生之前的本来面目”。这种感觉加剧了孤独的体验。创作也显得“虚妄”。我们以为自己创作了艺术或诗歌，不过是它们“假我们之手”“假我们而来”。

我们被宇宙本体“分泌”出来了，但也是被“抛弃”出来了。我们是弃婴，在世界上寻找同类，寻求知己，寻获体悟。那个能够获得“拣选”的人，就在我们身边，是构成我们的一部分。

我有一首诗言：

> 窗外的林子、路和妇人
>
> 与上帝在伯仲之间

万物一体，有其命定的转归。想至此处，我感觉自己变得心平气和。

此刻，我坐在地中海邮轮上写这封信，周边是陌生的欧洲人，难喝的茶包使我将目光转移到落地玻璃外。啊，深蓝色的大海，玄妙莫测的大海，诗歌也显得无力了。船刚刚离开希腊，这片海域叫爱琴海吗，我不知道。

待会儿还有船长晚宴，一会儿还有中国同伴一起过中秋节，拿比萨饼代替月饼。显然这封信让我“疏离”了出来，脱离了此时此地。但一会儿，一场既称不上快乐、也称不上有意思的活动等着我。地中海的热情并没有将我点燃。也许为了摆脱孤独的状态，我应该去寻找点刺激。

生命就像这艘船一样，无法下去，无法停顿。除了自己想办法寻找些意义和刺激之外，没有谁能改变这个局面。我的情绪因为这个谈论的“主题”，而变得沉重起来。真是与外面的大海和景色太不相称。我想起孔夫子说：“天何言哉，天何言哉！”

我说的太多了，将事情搞复杂了，但我尤其想知道您，一位我所欣赏的艺术家，在这方面的看法。还有你和赵野兄此时“浪迹”在哪里呢？维也纳？个展顺利吗？

时差让这里的中秋月亮推迟了五个小时，晚上我会去赏月，而此时，国内的月亮正是“华枝秋满，天心月圆”吧。（弘一法师晚年致丰子恺：君子之交，其淡如水。执象而求，咫尺千里。问余何适，廓而亡言。华枝春满，天心月圆。）我终于拖到此刻才写这样一封信，想必也是因缘俱足吧。

有你和赵野的友谊，我必不致孤独。

他的诗歌我越来越喜欢。那份古典的情怀与心境，原是替我们道出来的啊！至此。

窗外有远山、低垂的白云、大海、夕阳。

赳赳 上

中秋

1

赵赵：

你好。

谢谢你的中秋问候，看到你的来信时我刚从维也纳回来，展览也还顺利，之后又去了内蒙古巴丹吉林沙漠，刚刚返京。回信迟了，见谅。

关于孤独，这文学、艺术作品中的永恒素材，许许多多的人在作品中表现过它，在生活中谈论过它，它似乎是个热闹的存在——谁不曾在秋日永远孤独呢？

孤独是我们，还是包裹我们的无边星空？也许两者都是，在孤独的牵引下与天地相往来，在心灵最幽微处对一切作出自然的回应，目击道存，物我两忘。作为美、自由和圆融，孤独如此使人迷恋。

与其说像许多创作者一样敏感孤独地存在，毋宁说我在小心看顾这份孤独。对于受不了逼仄环境和人群的人，无论从物理上的空间还是心理上的距离感，这份孤独之“远”，都能使我更放松地调节视线和触角。由“远”而观天地，这份孤独，“不足为外人道也”。写到这里，不知是不是你说的“是孤独、非孤独、名孤独”？

此时，回味西北大漠，无尽的沙丘，无处遮掩的明晃晃的太阳。沙漠深处我们路过一个海子，那儿有一座藏传佛教的寺庙，从清代至今。两百年前的寺庙四面大漠，荒绝无路，不知驻扎此地的僧人，是否感到过孤独？从沙漠回到张掖，沿河西走廊到嘉峪关、锁阳城、敦煌，一路看了东千佛洞、锁阳城遗址、莫高窟，以及古阳关和玉门关。千年的美，和更久远的孤独，末了，都化为一抔黄土。

所以，除却创作的独处，还是怜取眼前人吧！浮生有涯，我们需要肉身的温暖。此刻已近子夜，赵野在书房写他的东西，有时，满足就是一个小小的窥视和念想。

你呢？在看书？还是和家人聊天？这个时间孩子应该睡了罢。

你在信底端画的“大海、远山、低垂的白云”，被我看成了一锅热气沸腾的水饺，哈哈！刚从国外回来的人是有多馋热腾腾的中国味啊！

至此。

晶晶 祝好

九月二十二日

②

晶晶：

你好。

本想昨日回信，竟被一个电视剧带进去了，你知道是什么吗？王朔小说改编的《过把瘾》。八集。二十世纪九十年代的作品。比现在的电视剧好瞧多了。一看就是一天。那时候正在高三或大一，故这部剧一直被“屏蔽”了。现在回过头来看，真是有意思，讲方言和杜梅闪婚、闪离又复婚的故事。故事的技巧在于不停制造冲突。王朔又擅长对白，煞是精彩，主流文化也是这样一点一点被平民文化击溃的。二十世纪九十年代的景象一幕一幕在眼前现身，那时的宾馆、酒吧、住房、汽车、手机、女子的服饰、男人的追求、理想与道德等，真是不可与今同日而语。如今是泄掉了，精气神泄掉了，元气泄掉了，转移到了造物（物质昌盛）的力量当中来了。

昨日秋分，北京下雨，难能可贵。阿城近著《洛书河图：文明的造型探源》大可找来一观。里头将《易经》的卦象和廿四节气对应起来。秋分是阳平阴平，否卦。天地否，事物一点一点走向衰退，好日子在一天一天减少，寒冬就要逼近。写到这里，我的心也有点悲秋的感受了。里尔克的《秋日》固然好，但怎抵得过杜甫老先生的《秋兴八首》呢，那是胡适七十岁住院尚在诵读记忆的诗（《胡适晚年谈话录》亦大可一观）。“丛菊两开他日泪，孤舟一系故园心”，真是家国天下的忧思了。“同学少年多不贱，五陵衣马自轻肥”，张爱玲是拿来做了著作的书名的。“鱼龙寂寞秋江冷，故国平居有所思”，好一个“故国平居有所思”啊，儒者气象，淳乎于此。

接下来他境界为之一宽：“关塞极天惟鸟道，江湖满地一渔翁。”诗人得解脱、不为现实之境困顿的意象扑面而来。比第八首“碧梧栖老凤凰枝”更好。第八首略苦，以“白头吟望苦低垂”作终。我们年轻人，是性不喜的。倒不如第七首和第八首对调个位子。

你的作品中，也有秋天的意境呢，只怕比秋天更秋一些呢。尤其是《残山》系列（注：应为剩山系列，后通信中说明），怕是有冬天的气息呢。少年不识愁滋味，望尽天涯路。心智的年龄只怕比青春的年龄，要老迈得多，成熟得多。不过，这是好事，是前世修行过的明证。昨日，见一友朋友圈有感，作了两个句子送他：“问诗十年又问茶，青春过后是青山。”我是越来越倾向于古典的类型的。“与古为徒”四字，我喜欢，还写了条幅送人。读曾国藩《诗家十八抄》，读王船山《古诗选注》，皆获我意。读《先秦汉魏晋南北朝诗》，亦欣快于心。至唐诗，已等而下之，以辞害意，至宋诗，又等而下之，是另一种质朴平淡之美。

你的“残山”，好就好在“内隐”，光华内敛，不事张扬，这是足见功夫的。我很欢喜赞叹。技巧倒在其次，关键是那份淡定、超然的涵养。技士易得、修士难求。技法可追，修为难慕。反观当今的当代艺术，我是痛心疾首，有意拉开距离，杂耍者居多，名利之心太多，浮燥之气则是普遍而正常的事。只好眼不见心不烦。以躲为主，以随缘任运的心态为辅。我写的《空，欢喜》论著，又有几人能当真体谅那份挚热的苦心呢。

想起胡兰成的话："天下事，犹未晚。"去他的"犹未晚"，这是鼓动家的话，儒士的进取之言。我要说："天下事，空欢喜。"个中义理，识者明鉴。

再说阿城那书，也与艺术有关，是应央美之邀的讲座。书中蛮多假说，但有两点认识尤为可贵：一是河图、洛书的原型疏理。考证中有不确之处，但大致有理。二是中国古人的"天极星"崇拜。还有一个，大陆架文明发端于沿海地区，后大陆架沉降淹没，遂转为山地高原文明，这是新石器时代之后的上古远古史演化。蚩尤被黄帝打败，遁入山区，遂有苗彝之起、巫术之传。保存在其服饰造型中，有令人不解的远古文化基因密码，读来像侦探小说。

看你和赵野目前状态，真是不错，琴瑟合谐，心与物游。维也纳好地方，机缘未到，惜乎未去。内蒙古亦是好地方。

我笑言，写信是很激发童趣的事，着实如此。这近乎失传的普通表达，假若不是这次明圆美术馆给予的机会，要到猴年马月才会安下心来、趴在书桌前完成一封"遥远的信件"（朋友彭薇的展览名字）啊！

收到你信时，我是在出租车上，午夜回家。此时或许是有一点"孤独"的痕迹吧。我长期在豆瓣上的签名中，是克尔凯郭尔的一句话，我极喜欢。

他说：

衡量一个人的标准，在于多长的时间以及在怎样的层次上他能够甘于寂寞，而无需他人的理解。能够毕生忍受孤独的人，能够在孤独中确立永恒之意义的人，距离孩童时代以及人类动物性的社会最远。

孤独时，人最接近神。我坚信这一点。

代问赵野好。

秋安！

赵赵 上

甲午秋分后一日

2

赳赳：

你好。

看你的来信是件愉快的事情，信手拈来，丰富又轻松洒脱。只是苦了我这读书不求甚解又没记性的人，如何回信。

信中有一误，你把我作品的题目记错了，是“剩山”，不是“残山”。

“残山”有形制的意味和情绪上的倾向，实了些，我不喜欢作品里有具体的所指。“剩山”于我，是文化传统的一脉残余心绪。时间会消解一切，一个“剩”字，把一个现代人从传统的图示符号、残山剩水的感叹中疏离出来。怀古并非复古，我们生活在当下，而艺术更要有它的当代性。

2012年开始的“剩山”系列，现在看来是个很好的转变，而当时只是厌倦了之前的创作方式。那个时候一直在画“无题”，尺幅较大，每天一个人到画室，对着虚空的画布一整天。我不喜欢用这个来自西方的概念“抽象”来定义我的作品，但在没有找到合适的词之前，还是用这个大家都明白的词吧。完成一件好的抽象作品是很难的，没有具象的参照，没有可供描摹的对象，但这不意味着可以恣意妄为。当某种强大的存在绕过目光和语言，从无所不在的虚空投射到你心里，你所做的每一笔回应只能是慎重的。所以，这种创作状态很累、很磨人。有段时间我总在想我面对的是什么，以及我和它的关系。现在想想有点好笑，有点“天下本无事，庸人自扰之”的意思。

把自己对立于天地，自己与天地都是孤绝的；把自己同于天地，自己与天地都是盈满而自在的，这是我们文化传统中迷人的地方。2012 年早春，北京还很冷，画室没暖气，我就在家试验一些小画，想换一种轻松的方式创作。用坦培拉技法，一遍一遍地薄涂，玩似的，随着自己性子，却有不断拾得的惊喜，内心深处的某些东西渐渐浮现。自然而来皆我意，“剩山”就是这么来的。

杜甫的《秋兴八首》，赵野是极喜欢的。几年前在西双版纳，赵野重读这组诗，说到以后要写首长诗，就叫“秋兴”。我很期待，因为他实在是太懒了，写都懒得写！每年冬天在云南的日子，是最最惬意的，阳光安静无扰，没完没了的音乐和酒局。不过与北京不同，云南的酒局是乘兴而来兴尽而去，只有朋友，没有应酬。赵野会晒着太阳跟我说他的写作计划，安静写点东西。

想到这儿，我已经希望冬天早点到来，快点完成手上的活儿，好回大理！

冬天和我们一起去大理吧！

晶晶　祝好

九月二十七日

③

晶晶：

抱歉。

将贵作品由“剩山”误写成了“残山”，委实不该，在此改正。“剩山”之意蕴，确比“残山”高明许多。大约是我当时脑子里浮现的是《老残游记》的画面，故有此误。《老残游记》是一部被忽略的伟大小说，其价值将来仍会上升。

你之“剩山”，果如尊言，是“豁然开悟”之作，你提到“孤绝”，对立于天地，不免孤绝；同构于天地，则彼此盈满而自在。此话值得嘉许，亦是明心见性之语。只是“孤绝”，亦有多义，若作间隔的绝离，当为负面之意；若作苦心孤诣的理解，则又有新意生发。如寒山诗：“我心如明月，碧潭独皎洁。无物堪比伦，更与何人说。”（注：原诗为：吾心似秋月，碧潭清皎洁。无物堪比伦，教我如何说。）这份孤绝，悬如明月，令人赞叹。刚说了寒山，又要说“拾得”了。你讲，却有“不断拾得的惊喜”，让我想起寒山之友，拾得大和尚。二人高山流水，知音觅己。拾得是孤儿，为僧人所捡，故名“拾得”。“姑苏城外寒山寺”，即是二位诗僧的道场。

《古尊宿语录》所记：寒山问，世间有人谤我、欺我、辱我、笑我、轻我、贱我、恶我、骗我，该如何处之乎？

拾得答：只需忍他、让他、由他、避他、耐他、敬他、不要理他，再待几年，你且看他。

哈哈，为人处事，中国人讲究修养。作画何尝不是。修为不到，境界上不来。人作俱俗，无有奇迹。

既然你体会到“自然而来皆我意”，不拘于“抽象”概念，游心于坦培拉画法，自是心下洒然，块垒脱落，当进入新一层境界耳。

这与你独处的状态有关。一个人独处的时间越长，便越能自我观照，越能走向自我完整，越能体验到内在的丰富性。当两个人在一起，你便是二分之一；当十个人在一起吃饭时，你便是十分之一。即便千军之帅、万众之首，也只是因为共同的一个理想或事业因缘聚合在一起，事了则散，你仍是空花一现。“哲人王”是独处时能主宰自己的王，非万众之王，但他拥有一种能力，即让他人发现他们自己、成为他们自己的能力，因此被称之为“哲人王”。

日前读到古德所说：“心依于法，法依于贫，贫依于死，死依于干涸之壑。”心下大慰。又见苏轼之语：“吾无求于世矣，所须二顷田以足饘粥耳……岂吾道方艰难，无适而可耶？”安于当下，实不二法门。故自撰一联曰：“宇宙大千皆是自家心地，牛角微尘无非佛门性天。”白话诗包容不了，只得对仗来凑泊。

大理风大，紫外线强，牛鬼蛇神多。好虽很好，于我，终非扎根之地。我害怕去那里，消磨时间、消磨意志，沾染上许多不良习气。我的心里是有一片山林的，我可以自安住于自己的山林之间。我的巍巍群山，外境不可夺去。

我很怕空谈，防止吹牛。每每与人交流，便觉浪费时间。只有踱回书斋，方感安稳。我希望只与世界保持必要而不充分的联系即可。

你和赵野邀我同去大理，颇似王维邀请裴迪："斯之不远，倘能从我游乎？非子天机清妙者，岂能以此不急之务相邀？"我有文论说，那是中国最纯正的汉语，字字珠玉。

笔力不逮，匆匆草之，随兴再复，余事不一。

赳赳 上

甲午国庆前

3

赵赵：

你好。

昨天去看曹吉岗老师的作品观摩展，很享受，忍不住与你分享。有一大幅灰白色调和一大幅黑色的，很喜欢。一个空灵，一个苍茫，气象浑整悠远，画面单纯简洁，有微妙的层次和色差，比以前我见过的曹老师的作品，更具抽象性。由画面之好品质得见作者好修养，于观者是多么享受的事情，而这样真诚、沉静的作品今天竟不多见。当今多少画作无品，一眼望过去满目敷衍轻飘的谎言，真是打心底里厌恶。

想想自己，有时似有懈怠敷衍之作，不觉惭愧。

曹老师的作品中，可以明确看到跟传统山水图示的关系。以简远、平淡、虚寒来转化风景，转化“自然”，风景有了山水精神，“自然”也有了历史性。有了历史性，也会有历史性带来的压力，比如来自美术史的压力。太阳底下无新事，面对亘古不变的或有常或无常，作为现代的人，我们用怎样的语汇和陈诉方式来描绘心中的“那片山林”，这也许是很多创作者都在思考的事吧。

你呢？一个游心传统、读书甚多的作家和诗人，年纪也和我相仿，很想知道你的想法？你说你的心中是有一片“巍巍群山，外境不可夺去”，我已在字里行间得见你的气定神闲了，只有内心足够强大的人，才会有这份淡定，安住自心。

今天阴历九月初九，重阳节。在古代，登高望远，佩茱萸，食蓬饵，饮菊花酒，秋高气爽，一片广阔的气象，是多么“欢欣的人世”。

现在一到节假日，哪儿哪儿都是密不透风的人群，登高就算了。想起网上有一段子，说中国现在只有两个景点：人山，人海。哈哈。我忙着手上的活，也没有过节的兴致。菊花酒没喝过，只有想象一下古人结伴辟青山林间，举杯换盏菊花酒的滋味，大概是醒也悠悠，醉也悠悠罢。

节日快乐！匆匆又匆匆！

晶晶

十月二日

④

晶晶：

来信收阅，近况安好！

我依然想谈论孤独，以看将一话题逼至语言穷尽处。“诗到语言为止”，是一句狠话，也是一句信话。语言的尽头，其意自现，光芒也自现。禅宗言“不立文字”，俗人理解，多为遁词，究其原意，而是“文字尽处”，所谓“言语道断，心行处灭”。亦儒家所言“止于至善”。此“至善”非善恶对立之善，而是“圆满完善”之善。此善涵盖善恶二元焉。故释家心性悟处，“善哉善哉”，圆满啊圆满啊，心生大欢喜，对世人，对万物。“孤独境地”，亦如此同，即“至善”境地。增之一分则太过，减之一分则不及。故呈“圆满”相，此为完全的孤独。寒山诗云：“我心似明月，碧潭独皎洁。无物堪比伦，更与何人说。”（注：笔者再次引用）即此种“孤境独照”。李白诗“举杯邀明月，对影成三人”，亦此种“孤境独照”。

中国画中，每每体现这种“孤境独照”的意识，皆成大作品。你读王世襄的《中国画论研究》，则会发现，老先生的理解是通的。若读徐复观的《中国艺术精神》，则有不通之感，盖因哲学家以脑力而非直感契入艺术，故多有不通。当下彻然，须思虑尽去方可。此为东方精神之妙法，非“逻各斯”可解决也。

你言观曹之绘画，大有感悟。我孤陋未闻，故网上搜来一观，其水墨意诣高于其油画造诣。确实有“森森然”之相。万物独具而森森然。如王阳明所言：“天地万物本吾一体。”儒家言“一体”，佛家言“不二”，皆为正宗法脉。宋徐侨诗“万物森森在吾下”，可作你看曹先生画之注脚。

“孤境独照”即静念默观“天地万物本吾一体”。若能参透此一大节，即格物致知之功。此时，亦会升起佛陀之言：“天上天下，唯我独尊。”

其他学术或艺术，皆是此一根本之下衍生出来的。“一体”“不二”之论，大可统摄一切学问。人必退至或行至“孤境”，方能体会“孤绝”之意；又从这“孤绝”之中，另生出一个“死去活来”的“独头意思”，方能柳暗花明，否极泰来，生生不息。故古语云："要想人不死，先得死个人。"冬去春来，世样种群，一层一层的翻新意思。但又一层一层的如旧照旧。有人能领略而至大悟，有人不去领略而照样大悟。世情至此，形式类同，而根柢各有不同。我佛拈花，微笑契入者仅得迦叶一人而已。主观、客观大可打成一片；唯心、唯物，不过学者误入争论，各执一端。天人如一，哪来的"天人合一"呢？天人本就未断裂分离过的。故播弄精神者，皆假道学也。直须直取当下，勇往奋进。一心莫作二用即可也。此即谓"截断众流，立地成佛"。

或有惑世者，义理如著，理论煌煌，各翻新意，以奇诞哗众，皆不足取，于自己心性，毫无帮助。老子言"为学日益，为道日损"，即明心见性之言。叹今世俗众、红尘颠倒，认贼作父，兀自可怜。

"拯救世界或许为时已晚，拯救自我始终存在机会。"这是诗人布罗茨基的话吧。与东方先贤略同。"孤境独照"即此种意识。自我安心，得小乘之功，方能以大乘化天下。

愿"孤境独照"佑护你的创作！

赳赳

甲午闰九月赘言

4

赳赳：

你好。

来信读罢。你的孤独是圆满，而这圆满唯你独享，这是你的“孤境独照”。

你把理想之境界投射到“孤独”上来，孤独便涵盖一切高蹈之美。古诗词里描物写景，从来是为了寄情，很多词与物也都被寄予人的品格和修养，这是我们文化特有的魅力。寄情于孤独，也是其中之一种吧？

这几天拜访了尚扬先生和邱振中先生，受益匪浅。

一直很喜欢尚扬先生的作品，在我看来他是当代最好，也是最重要的画家，没有之一。前两天赵野和他有个对话访谈，我跟去旁听，老先生很谦虚，谈的都是实在而具体的事情。先生早年即已成名，艺术上却从未止步，坐享成就。尤喜尚先生的作品“董其昌计划”系列，格局开阔，清晰明确，理性而具思想的深度。不难发现，尚先生对艺术的思考是站在艺术史的角度，以国际视野、现代性的眼光反思自己的创作。老先生今年已七十有余，谈话中感叹若再年轻十岁，会在创作上有更大的抱负、使用更新的媒介。

与邱振中先生是第一次见面，直觉邱先生乃高人也。邱先生口才很好，而且思路极其清晰，他讲有关艺术的感受力，目光敏锐。虽然所谈抽象玄虚，若非有真实的经验，是绝对体会不出其中之微妙来的。且这种艺术的体验，只有深入到作品内部，并有高于作品本身的领悟时，才可能对作品有真切的理解，形成观点，才可能做到准确清晰的表述。

常有禀赋高的艺术家，有敏锐而深刻的感受力，却难有理性的总结能力，更难用言语清晰地表达出来，而长于理论者又往往短于创作。能够把二者集合一身，把艺术难以言说之处，用准确、清晰、肯定的语言表述出来，同时在自己的艺术创作上有很高造诣的，实在是难得，我所了解的，只有邱振中先生一人。

我把去年的画册给邱先生看，有幸得到先生的指正，所指之处真真是我的问题所在，可谓一针见血，不由得打心底里佩服。邱先生的思想年轻又有活力，看他书桌，各种最新的哲学、最新的小说，什么书都有，甚至还有一本莱昂纳德·科恩的传记《你是我的男人》。科恩是我们很喜欢的流行歌手，我家有好多张他的CD，都是赵野这十几年买的。想想这几天见到的老先生，虽年岁已高，但对待创作的认真，以及思想上的勤奋与活力，真是让人敬佩。

我这人无论生活还是创作都很随性，一向认为做比结果重要，体悟比思想重要。秉性如此，也许无所谓好坏，但对于创作的人生，长久不免懈怠。也许是要改改了。

祝好！

晶晶

十月七日

⑤

晶晶：

见信好！

此为此次项目最后一通信，一路写来，颇有杂花生树之感。每每我言读书心得，你言艺术体悟。我是32岁时上下，抱定了此生的志愿，就是做一个“读书人”。我看金克木有本书叫《书读完了》，当时倒吸一口冷气，认为狂妄，后见他所述有理——书是可以读完的，假若按经典著作的要求。

中国的书，无非三种，一种是清代所编的《古今图书集成》；一种是清代所编的《四库全书》，皆是优中选优，经典中的经典，尤以《四库全书》之排列，按“经”“史”“子”“集”之制度，远甚于今人之“文哲史”的罗列了，“文史哲”的说法，“文”字当头，略输其意，要改成“哲史文”才好。通了思想，通了历史，再有些文学才华的补剂熏陶，方能卓而不群，蔚成大家。所谓“文章小道”“文章末技”。皆是古人经验之谈。

西学之后，“文史哲”又要添一个“心”了，心理学、精神学，心、脑科学，身体、精神、灵魂的关系，再次显得我们无知而急迫。

弗洛伊德疏通了一下，他的《梦的解析》《文明及其缺憾》好读，耐读，好懂，翻译也好。他的继承者荣格，也值得研究，他是负有使命而来的，幼年的他大脑里就经常闪现“曼陀罗”的形状。“曼陀罗”的造型，可能是中西方宗教的共同、共通的原始形态。

“文史哲心”，准确而言，“哲史文心”应该成为读书的新标准。相较于旧有的“经史子集”而言。

刚才说了两套书，还有一套：就是儒、释、道三家的学问。各归于《道藏》《佛藏》，汤一介也在主编《儒藏》，经典化、诠释化，各有三千卷之多。汤一介还没编完，今年就过了世，不知这工作如今是谁接着做。

通了经学、史学（现在是廿六史了），这书也就通了，再花点闲心惬意读读诸子、读读百集。这日子便也是神仙的日子。

战乱之际，西南联大，南奔北突，仍是为了一个“放下一张书桌”，仍是为了一个“道问学”，仍是为了“究天人之际，通古今之变”。如今和平年代，大好时光，用来阅读，真是一件大快活之事。

故我自作一句自勉：“明日炊中有剩米，但做今日书前人。”又言：“只为五斗米折腰。”陶潜大才高蹈，不饥而饮，我是做不到，我可以做到的，是只取能养活自己的那一份，这是底线，除此之外，天下汤汤，十方来，十方去。愿以颜回“学乐”为马首。

朱子、马一浮皆言：“惟读书能变化气质。”我是深切体会此语，也深切受用的。近些年生计不愁、家业初安，故能全心向学，以“读书人”自居。最喜一本书、一杯茶、坐于秋日下。谓此“天、地、人”三才皆具。缘何？日光为天、茶为地气所生、书为人之精魂所变。故天、地、人三才皆入我彀中耳。

读书变化气质，正是由于多了一层“自省”。苏格拉底说：未经审视的生活不值一过。此审视，乃自省之意。木心说：没有纲领，无法生活。此纲领，亦自省意。《金刚经》云：“念起心觉。”此“心觉”，亦自省意。因读书而能提撕，而能自省，其气质在朝夕间、旦暮间日日生长变化。时日一久，脱胎换骨，“苟日新，日日新”也。

曾子言：“吾日三省吾身。”故能在说“仁”时，总结出一个“忠恕”之道。而王阳明，亦能总结出“致良知”“知行合一”。“大学”“中庸”亦能将“诚”“敬”二端生发开来，至朱、陆、王，则又将此二端合一。一切，指向一切根柢。

金克木讲“书都读完了”。真是好气概。真是大丈夫。我欢喜赞叹。我仰其行止。

书读完了，信也该写完了。书信书信，不论书、何谓信？我的信仰，就是朴素的读书的信仰。我读一些书，明白一些道理，心下对义理的精妙之处生起一些信心、信念，生起一些狂喜、滋味。这些，皆无法与他人言。时有妙悟、契合心灵，则只能自怀珍宝了。“君子披褐而怀玉”即是此理。

此节讲读书，在不读书者或其他营生者看来，是多么枯燥啊。

我了解许多艺术家是不读书的，若是天才，有创作的天赋，那便也罢，若是自问没有，那还是老老实实读点东西为妙，因“惟读书能变化气质”。气质一变，作品亦为之一变。

兹事大焉。问赵野好。

赵赵

甲午寒露后

5

赳赳：

你好。

信读罢，你真是一颗读书的好种子。你是读书人，自然谈读书，我是个画画的，只能谈艺术体悟。艺术家有不读书的，也有读书的，“艺术家不读书”这话，一定是你们读书人或自以为读书多的人说的。不过，艺术家的本职是创作，读书再多的艺术家，在数量与对学问的专研上，也一定不如你们读书人。

“一本书，一杯茶，坐于秋下”，这大概是所有读书人的理想境界。读书不是目的，也不是手段，否则便不需要“一杯茶，坐于秋下”了。对世界的理解和感悟有许多种，读书只是其中之一。即便真的有大能耐者把“书读完了”，难道就能真的通晓宇宙古今，或解决人类的问题？

读书的好处自不必说，于我，是通过他者的目光和经验，对这世界有更多的了解、更深的感受。而这些，无非是丰富自己——作为个体有限的经验和生命罢了。

佩索阿写过“看见或读到的一切，是多么靠不住，这整个世界是一本巨大的张开的书，在一颗未知的舌头上朝我微笑”。书籍是人与同类之间的沟通，是人类精神的暖乡，我们在书里寻求认同与慰藉。当我们面对自然时，所做的沟通是无力的，对这个世界的想象更是有限的，而正是此时，我们与真实和孤独同在。我在创作的时候，独自一人面对虚空的画布，体验过孤绝弥漫荒野，那一刻真是无所畏惧。我知道，那是人类最初的和最后的景象。这种感受由毛孔渗入心骸，这是自身获得的经验，不是来自阅读。

望着窗外，高楼和飞翔的鸽群处在同一种朦胧的灰调中，显得颇有“诗意”。这“诗意”是雾霾还给都市的礼物吗？孩子们是否还能辨别出这世界本来的颜色？

明圆这次活动，别的都是诗人与艺术家对话，再由诗人整理。你却想出我们互通五封信，想法当然好，有新意，还有形式感。可我无论读书写字都不如你，好生郁闷，每回写信都觉得好吃力，东拉西扯凑字数。

这次终于是最后一封了！

至此！

晶晶 祝好

十月十一日

关晶晶

艺术家，诗人。2011 年奥地利萨尔茨堡访问艺术家，2015 年入围第九届 AAC 艺术中国年度青年艺术家，入选《中国当代艺术年鉴 2014》，作品为多家美术馆、艺术机构及个人收藏。出版有《关晶晶：2008—2013》（香港成报出版社，2013），《Guan Jingjing 关晶晶》（柏林 Damm und Lindlar Verlag 出版社，2015）。现居北京和大理。

内篇

论孤独

论独处

现代人在丧失独处的能力，他们不知道独处的好处。因为独处有一种表象是：你看起来好像被忽略了，你是无足轻重的一分子。

独处是诚实面对自我的时刻，许多人不愿意独处，其实是不愿意面对自我——与自我打交道比与他人打交道更累。独处的时候人会反省自己，与自己低语，有时候也不得不解剖自己，人在独处时智商是最高的。

倘若到了人群中，智商便被迅速拉低了。有那么多题外的因素要考虑和顾忌：身份、地位、来自他人的压力等。在群体中，人不得不说一些违心的话，至少是不想说但又不得不说的话，首先起码的礼仪是要有的，时间长了便发展出面子的问题，冠冕堂皇的称谓，稍不注意，如若控制不好，很容易说了肉麻的话而不自知，也极其容易说了随大流的话——这时要注意了，你丧失了自己独特的思考，开始用集体思维代替自我的判断。

在集体中人会赢得一种虚妄，以为自己很重要，或尝试让他人觉得自己很重要。人在集体中追求那种肤浅的价值感：牛掰。这是一种原始本能，它大多数时候是不文明的。这也是某些电影为什么让人隐隐讨厌的缘故——用文化伪装出来的炫耀，每一帧画面都是为了牛掰的目的，但牛掰和文化又是如此格格不入。牛掰是原始本能的，文化是使原始本能升华的。

不成功的文化使人驯服或者驯化，绝大多数统治者制定的文化方针都是不成功的，但这时不成功恰恰是他们的得意之作，因为他们的目的不是为了使原始本能升华，而是为了便于统治。人在群体中或组织中，很容易被他人利用。因此人必须建造一个他自己的价值观，只有这样，他才可以免于回到独处的状态，从而受集体挟持——受人利用的价值和对他人有用的价值是一个本质的不同描述。

但是只有回到独处，人的自我才是完整的。或者说他才能不断发现那些不完整的地方，这就像一个拼图，人的自我要拼接完整，他必须反复摆弄其自身。人和他人的关系没有人和以上帝为镜像的关系重要。良知良能的发动，不在集体当中而在独处当中。集体之中的人是昏聩的，而独处之中的人是警觉的、清醒的。在集体之中，人不免要让渡出去诸项权力，以此获得一个位置；但在独处时则大可不必，你是一个本真的人，没有职务，没有社会关系，你是自己的王也是自己的奴仆——即便将来死亡，你也是这个状态，或者说这个状态是最严峻与真实的。

正是由于其严峻与逼真，使人喘不过气来，大多数人倾向于逃避独处。独处需要训练。最开始独处时，人会啃噬他的内心。人会变得无所适从，他要面对自我的苍白与贫瘠，这是一个从一无所有到无所不有的过程。独处时发现人的丰富性，发现人性的幽微之处，也是一个长期而漫长的训练。并不是说，只要你独处，你就可以获得自豪、能量或者其他利于你去集体中大吹大擂的东西。恰恰这种有所获的念头就是多余之物，是没有完全安静下来的杂质。

独处是为了完全地、完而全之地安静下来。安静下来，内心不起任何波澜，你才刚刚打开独处的大门。当内心不起波澜时你才可以掀起波澜。你内心足够平静，才可以充分暴怒。假若你去听贝多芬，不管他的曲子如何不屈从，但那底子是一腔平静之水。如果你要跟贝多芬较劲的话，首先你要学会独处，摒弃掉观念与理解，沉入其音乐之中，才会穿越其激情而抵达某种宁静。否则，你会被他的激情俘获，甚至晕头转向，你在他的炮火之中抱头鼠窜，正如不堪高浓度的酒精之醉。

独处时人性得到了修复，人的机体有时间清理自己，老话叫作“宝剑用后急需磨”，人需要在独处时重新变得完整。见多了人群中各式各样的嘴脸，比如说从善到伪善，可能只是一句话、一个动作或是一个得意的神色之间的距离。这些东西都可以为人所察觉。过犹不及，稍微过一点点，人便走向自身的反面，他从一个人性光辉的顶点下滑而不自知。人都有自己的高光时刻，问题是这个高光时刻可以保存多久？它值得你以什么样的代价去追逐？所以说诸多表现在独处者看来都是不智的：追逐外物，追求外界事物对自己的认同，追求镜花水月般的爱情最终发现只是自恋而已。

所以独处的人早就看穿了这一点，他们不玩这样的虚妄的游戏。即便玩一下，也只是浅尝辄止。或者是为了照顾他人虚与委蛇一下。因此独处的人有时候表现得很无情，也不讲情面，也会被他人痛斥为自私。但正是因为他不在意这些外在评价，他才能独处下去，也因此这些外在评价自然失效。

不使自己的观念放逸，这是独处时慢慢锻炼出来的专注力。独处时人的思考能力是聚焦的——用思考能力的说法会引起误解，严格来讲是某些思考自己涌现，就像打开水龙头就有水一样，事物自如的涌现，这才是思考能力。

如同锻炼你的肌肉，如同你的肌肉会拥有肌肉记忆，大脑的这种锻炼也是如此，在旷日持久的一点点施压时，大脑的结构也会变得强健起来，你可以阅读少数人读得懂的哲学著作，这种能力在世俗生活中用不上，但对于精神生活而言，简直是必杀技。

独处时精神首先会杂乱，这像健身时你坚持不了多久一样。但你要每天独处一下，一刻钟到一个时辰，你自己选择。独处时你的欲望减轻，你的负担便也自然而然地减轻了。独处时你不抱有目的，因此你的身体的运行再也不是俯冲式或推进式的，你进入了一个纯粹的无目的的世界。

独处时你一无所有，所以你无所不有。起初要借助书、音乐、书法或其他的感官刺激，你才能专注下来，但要明晓这只是引渡的工具，最终你要放弃它们，任何一种感官的摄入都要放弃。婴儿七窍未凿前就是这个状态。当你的感官得不到任何刺激时，它便恢复了它的灵敏和易感。假如说此时你认识到独处的好处，那么亦是危险的。因为你会停留在感官的敏锐上，不愿意再往前踏足一步。许多人到这里就停滞下来了，探索自我的内心既然是向未知的进发，就不免有些恐惧。现成的功劳足以使你成为一个艺术家，成为一个依靠某一方面的特殊技能而立世的人。

这种半浅不深的独处危害极大，停留在这个状态中，一辈子都走不出来。“耽于定境”，说的就是这回事。诸多的歌手、作家，他们用一种曲风、一种风格来叙事。一方面他们踌躇于其优良，一方面他们又苦闷于其重复。这些作品很好，但是缺少变化。创造力停顿在那里，再也无法突破了。一个艺术家，每天都活成了明日黄花，这还不够悲哀吗？

要想避免自我重复，要想避免自己对自己都觉得面目可憎，你还是必须回到独处那儿去。你要继续独处，放弃常人的功名和富贵——这个损失不免有些大，但到底是值得的。一开始他们领先，当他们打出八环时你还上不了靶，但最终，最终你打出十环时他们仍是八环。

自我重复，是常人的特点。同样的错误，也因为自我重复可以反复去犯。比如说找女人，他们拥有诸多前妻，再找的对象还是前妻那个类型；比如喝酒，每次必得把自己喝倒，而且还要指点一下他人或江山；比如做事，本来做得还不错，撒尿时对同伴说你看这件事我做得牛吧。与其说是错误，不如说是习气。年数越长，习气越大。职业人士都有其习气，读书人也难免，掉书袋就是一种，显得高明又是一种，像我这样滔滔不绝地说教，当然也是一种。要去掉习气，还是要回到独处中来。只有在独处时，人才可以发现其习气——不发现就无从改正——发现之后，就可以循例去改。“去蔽”说的就是这档子事，把习气去掉，天性自然显现。

生病能增长智慧的原因是，生病时你大多数时候必须独处。你躺在那里，开始发觉到无聊，总想寻摸点事做，伺养一下自己的官能。手机因此是个好工具，它解决了无聊、烦闷还有空虚。再好的工具，你沉溺其间，便会受其控制。独处时关闭机能，便是要摆脱任何控制。结果有了手机，独处便不称其为独处：思维放逸、精神耗散。一个个浅短的瞬间愉悦接踵而来，像沙丘般的宏伟却随风而逝。拿起手机，愉悦；放下手机，人就变傻了。以前是看电视，现在是看手机，都会让人变傻——你逐渐丧失了自己的思考，用他人的言说填满大脑。

独处是为了不被洗脑，但一种虚假的独处是被手机洗脑。只有创作是独处最好的伴侣，为什么这样说，因为创作要写出未知的东西。创作是你与神一起发现、显现。手机要定点使用，作为午饭后或晚饭后的消遣，那是没关系的。手机会让自己误以为自己很重要，生怕别人找不到自己，或耽搁了什么事儿，朋友找还罢了，要是自家老板找，那可真是麻烦。手机成为人束缚人的工具，手机把人撕裂成了碎片。因此你看那些善于独处的人，他们使用手机的反射弧都很长，因为他们有自己的节奏，这个节奏不受手机的控制。

西方的心理学家正在研究积极心理学的某一个课题，关于深度工作与深度学习的问题。他们的建议是深度工作需要一间小屋子，能够使人保持专注，不被他人打断，浸泡式地完成一个项目，每次需要至少三四小时不间断。这样一来，其创造力可以得到最大的发挥。大卫·林奇在《钓大鱼》中也说，你想好好地画上一小时，得花三小时让自己安静下来。契克森米哈赖提出了“心流”理论，他认为当一个人的头脑或身体在自觉完成某项艰难却有价值的工作时，因专注而产生的忘我就发生了，也就是心流，它给人带来极大的满足感。或许“心流”可以对应着马斯洛的“高峰体验”，满足感可以对应马斯洛的“自我实现”。但总之，这样的精神活动都必得是独处时方能产生的。只有在独处时培养出这样的能力，在人群中，其抗干扰能力、保持独处的特性方能派上用场。

没有独处经验时，首先就会被无聊击垮。百无聊赖时，人会做一些平时不会去做的举措：强迫自己数瓷砖；焦躁地踱来踱去；折纸或者乱涂乱画。殊不知创造力正是从适应无聊开始的，无聊时你会发现平时顾不上去发现的事物，你的神经也会敏感起来，你会观察到家里宠物每天的变化，水仙花今天的姿态有什么不同，今天的米饭和昨天煮出来的味道有何不同。因为无聊，平时完全忽视的事物都会发起光来，因为获得了你的注视；而注视本身就是一股力量。注视充满着活力，注视使事物微观的部分彰显了出来。而使事物微观的部分得到彰显，本身就是艺术家要具备的敏锐。这一点同性恋比普通人具有天分，某类自闭症的人群又比同性恋更具有天分。在写作时，词性与词性之间的微妙差别，写作者要体味得出来才行。抽完烟或喝完酒，音乐会缓慢地一轨一轨进入耳膜，十米开外的细小谈话也会因神经放缓的叠加，听得清清楚楚。独处就是要让神经缓慢下来，官能也重新陌生化，好奇之心升起，周边充斥着灵性的事物。

布莱森就是这样写出《趣味生活简史》的，某天他无聊地望着窗外，想为什么眼前是一道高坡而不是平原？还有他现在居家生活的一切是怎么演变过来的？你想，要不是无聊，谁会对此产生好奇心，这些看似无用的破天荒的想法掀开了科学发展史的帷幕。

拥抱无聊，拥抱痛苦。虽然说叔本华持悲观主义，他将人生视作一个钟摆，在无聊和痛苦间徘徊——得到了无聊，得不到痛苦。如果这是人生的实相，那实在是有必要热切地拥抱无聊的，因为它是存在主义的根基。如何把无聊转化为有趣，这是莫大的善事，也是能事一件。对抗虚无，有时只在于有趣。独处时可以很好地把无聊进行到底。为一些平日里不会去为之事。平日的生活大多时带着功利和实用思想。无聊时则只想着有趣，不会去考虑功利和实用。检验一个人是否充满魅力，就在于他是否把无聊的时刻过得欢快而充实。这样一来，即便是监狱也关不住他。他能左右手互搏，自己和自己进行想象的谈话，他完全不依赖外界与外物的刺激，他是自我完备的。即便万物皆离他而去，他仍然能将万物召唤而来，孟子说“万物皆备于我”，大约便是这层意思，并非真的万物都是他的。

如果你不能适应无聊，那么随之而来就会觉得痛苦。独处对有训练的人士而言是享受，未曾训练的人就会觉得难受。痛苦尾随空虚而来，焦虑、烦躁不安，要冲破一个铁屋子，要打破一个旧世界。可是铁屋子和旧世界只是观念啊，打破一个铁屋子，又会有一个新的铁屋子；新世界来了，依然会变旧的。中国的道家讲究“勿忘勿助”，尼采则表述为“你既不能实现心中的欲望，也不要丧失心中的欲望”。哲人所见略同，实现即助，丧失即忘。勿忘勿助，又暗合了孔门的中庸之道。

“慎独”是古典中国人的自处之道，《中庸》说：“莫见乎隐，莫显乎微，故君子慎其独也。”君子也就是大人，是对品行高尚之士的称谓，他们有一门功夫是专门在没有第二人在场时用心理意识扫描自己的操行作为，他人不在场时，你有没有淫邪和贪恋的想法。这时你与天理同在，要运用良知的勇气，约束和检点自己，查漏补缺，走向完善。中国历史上的一个名人在修身方面功夫很深，他叫曾国藩，他这样说道："能慎独，则内省不疚，可以对天地质鬼神，断无行有不慊于心则馁之时，人无一内愧之事，则天君泰然，此心常快足宽平。"

中国的传统文化中有很多糟粕，比如过多的繁文缛节对人性的捆绑，以及三纲五常对个人自由的限制。然而至少有两个方面是和独处有关的优势原理：一个是慎独；还有一个是主静。《礼记》中有这样的话："人生而静，天之性也。"中国的读书人希望自己像个妇女一样安娴静谧。"静、敬、进"是中国文化在修身方面的三字诀：独处时要安静、对他人时要敬重、做事时要精进。静负阴，进抱阳，以敬涵之二者。北宋理学家周敦颐则在《太极图说》中言："圣人定之以中正仁义而主静，立人极焉。"圣人就是君子和大人的精神领袖，圣人是日月，君子和大人们是星辰。圣人之所以能够"立人极"，成为天下所有人的楷模，正是因其通过"主静"的方式获得"中正仁义"之道。

在独处方面，西方的思想家们也有自己的心得。除了中国有“三年不窥园”的独处狂人、隐居高士，西方也有像梭罗这样的人，远离喧嚣与群体，在一个小小的瓦尔登湖畔独自生活。他言道：“我含蕴着，并养育着珍珠，直到它的完美之时。”这句话对应着中国圣贤们的一种方法——暗养圣胎。读书人不仅要安静得像个妇女，而且是个怀孕的妇女。

梭罗说“我觉得经常独处使我身体健康”，我觉得经常独处使人身心健康。他对独处有现代性的精彩描述：

> 我发现人若大部分时间用于独处，将有益身心。
> 与人为伴，即使是挚友，
> 也很快会有厌烦或虚度光阴的感觉。
>
> 我爱独处，我发现没有比独处更好的伴侣了。
> 出国，身在熙攘人群中，要比退守陋室更让人寂寞。
> 心有所想，身有所系的人总是孤身一人，不论他身处何地。
>
> 独处与否也不是由人与人之间的距离来确定。

在剑桥苦读的学子虽身处蜂巢般拥挤的教室，
实际上却和沙漠中的苦行僧一样，是在独处。
农人终日耕于田间，伐于山野，
此时他虽孤单但并不寂寞，因他专心于工作；
但待到他日暮而息，却未必能忍受形影相吊，
空有思绪做伴的时光。

他必到“可以看见大伙儿”的去处去找乐子，
如他所认为的那样以补偿白日里的孤独；
因此他无法理解学子如何能竟夜终日独坐
而不心生厌倦或倍感凄凉；

然而他没意识到，学子虽身在学堂，但心系劳作，
但是耕于心田，伐于学林，这正和农人一样，
学子在寻求的无非是和他一样的快乐与陪伴，
只是形式更简洁罢了。

与人交往通常都因唾手可得而毫无价值，
在频繁的相处中，我们无暇从彼此获取新价值。

我们每日三餐相聚，

反复让彼此重新审视的也是依旧故我，

并无新奇之处。

为此我们要循规蹈矩，

称其为懂礼仪，讲礼貌，

以便在这些频繁的接触中相安无事，

无须论战而有辱斯文。

我们相遇在邮局，

邂逅在社交场所，

围坐在夜晚的炉火旁，

交情甚笃，彼此干扰着，纠缠着；

实际上我认为这样我们都或多或少失去了对彼此的尊重。

对于所有重要的倾心交流，相见不必过频。

想想工厂里的女孩，

她们虽从不落单，但也少有梦想。

像这样方圆一英里仅一人居住，那情况会更好。

人的价值非在肌肤相亲，而在心有灵犀。

我的房子里有很多伙伴，

尤其在无人造访的清晨。

我把自己和周围事物对比一下，

你或许能窥见我生活的一斑。

比起那湖中长笑的潜鸟，

还有那湖，

我并不比它们孤独多少。

你看：这孤单的湖又何以为伴呢？

然而它那一湾天蓝的湖水里有的却是天使的纯净，

而非魔鬼的忧郁。

太阳是孤独的，

虽然时而在阴郁的天气里会出现两个太阳，

但其中之一为幻日；

上帝是孤独的——魔鬼才从不孤单，

他永远不乏伙伴，因从他者甚众。

比起牧场上的一朵毛蕊花，

一支蒲公英，

一片豆叶，

一束酢浆草，

一只牛虻或大黄蜂来，

我并不孤单多少；

比起密尔溪，

风标，

北极星，

南风，

四月春雨，

正月融雪，

或者新房中的第一只蜘蛛，

我也并不更加孤单。

独处是通向智慧和真理的入口。人不能独处，是他无法忍受自己。他对自己不满，总想变得更好，于是到人群中去四处学习、打听，殊不知最好的学习方式就是一个人面对自己，直至可以接纳自己、承认自己。在这个过程中，人走向充分而完全的圆满。只有当你不需要他人时，他人才需要你。只有当你觉得自己不重要时，他人才觉得你重要。只有当你抛弃世界时，世界才不会抛弃你。

独处的人不仅可以摆脱恋他，也可以摆脱自恋。自恋的人总要走到人群中去收获赞美、暗示多情。但独处时人不需要这些外在或内在的影响，当一个人成熟时，他不用向别人来证明自己，也不用从他人那里找到存在感。萨特之所以言“他人是地狱”，是稍显刻毒的论断，但道理也很明显：与他人相处时，你会浪费、损耗太多太多的时间。独处时，一般而言，一天能写一篇长文章，或者读一部著作。这种知识的积累，比起在他人面前侃侃而谈要有意义得多。或听他人侃侃而谈，或是开没必要的会，听无必要的话，以及要在空话、套话中举办无意义的仪式，然后就是大吃大喝，互相吹捧——这种形式感普遍存在人类当下的生活中，并贯穿整个历史。

所以说一个人应该自给自足，自在自为，独自成为一个整体。独处者可以与整个人类为伴，但不要与具体的个人为伴。一旦遭遇到个人，不免有情感上的纠葛、心理上的冲突，还有那些鸡毛蒜皮中的磕磕绊绊和恩恩怨怨。

人们经常感慨知音难寻、知己难找，要想寻得知音，还得从独处那儿去找。人群当中是找不到知己的。所谓知心者，是形成了一个精神共同体，有着难以言喻的默契。早在身体和语言接触之前，就在心灵中形成了共振。作者的知己，常常在隔代的读者那里；当代的知己，也通过面谈、笔谈、隔空的精神去相遇和交往，比起见面寒暄所费的周章，实在是高明许多。独处时心心念念、念念不忘的那个人，才是缘份很大的知己。知己是神交的对象，虽不能至，而心向往之。知己不会是过从甚密的伙伴。两个人的生命意识程度相近，才会有这种心灵相交。

海德格尔晚年住在南黑森林的滑雪小屋，像农人一样扎根土地，从事心灵与思考的写作。他兴致勃勃地写道：“孤独有某种特别的原始魔力，不是孤立我们，而是将我们整个存在抛入所有到场事物本质而确凿的近处。”对此，中国的哲学家不这么表达，中国人说“一念不生全体现”。一念不生即是独处的最终结果，这个时候，事物的本质和实相、事物的整体面貌就会自动地、清澈地闪现出来了。

当然，我们要探讨的是独处，仅仅独处便够了。不用管它是孤独的，还是寂寞的，或是孤寂的。它们的词性当然有微妙的差别，但后几个都是形容词，而独处则是动词。动词的优越性立马显示出来了，它是一个行动之词，你只需要如此这般，便可以进入独处的状态。不会像年轻人那样，把寂寞当作孤独，把孤寂视作老年人的专利。

现代人把独处叫作“宅”。宅在家里不出门，玩游戏、吃泡面，以此降低消耗，也不与现实社会发生关系。他们的欲望也降低了，似乎变得佛系。这是一代青年人的写照，无论是发生在日本或是中国，都有大量这种颓丧的年轻人存在。宁可啃老，也不出门工作。而且的确，出门累死累活，一天通勤四小时，房租都赚不回来。换句话说，他们是被迫宅着的。因为对自己的前途无望，便索性以抵赖之姿去对抗社会。这是一个社会性的问题。他们的时间用错了地方，你想，整天窝在家里玩网络游戏，这和独处之道的原理是极相违背的——形式上是宅了起来，但实则是把家里当作了网吧。也未见其在无聊中生发出新的创造力，反而是游戏的上瘾症发作，成为一个电子瘾君子而已。

因此来说，独处完全不在于形式。如果你有了独处的能力，即便在人群之中，也是泰然自若的。你不会因为排队、等座而烦躁不安，也不会因为无人搭理而恼火。你可以悠然自得地享受独处的时光，在一个陌生的城市里漫游，或者只是观察熟悉街道的微妙变化。你可以就此去体察人情与世事百态，从参与者变成旁观者，你成为了那个洞若观火的人。

只有回到独处，
人的自我才是完整的。
或者说他才能不断发现那
些不完整的地方，
这就像一个拼图，
人的自我要拼接完整，
他必须反复摆弄其自身。

论性骚扰

无论男性或女性，在性的发展阶段和成熟阶段，都会有诸多的场合和机会，去尝试表达“性”这种生理机能赋予人的“脉冲”。女性的表达往往会变成“性的展露”。同时，“性的抑制”也在同期发展，比如说见异性会害羞，对于袒露身体的隐私部位有着羞耻感。

假如说“性的展露”是正向作用的话，那么“性的抑制”则是负向作用。正是在这样“正－负作用”调节机制的基础上，一个“性感”的女性形成了，她既懂得如何展露自己的性魅力，同时又懂得如何抑制自己不要过分暴露。对于人类历史而言，女性个体对于身体的装扮，仿佛是一条抛物线，从赤条条走向包裹严实，又从包裹严实走向解除装束。

如果要审视这样一个过程，它的确和每个

时代的思维意识有着不可分割的关系，它也展现了道德和审美及权力之间的冲突。有时候，女性倾向于以此取悦于男性；有时候，女性批判男性造成了这种“女性的物化”。然而观察网上的一幅20世纪70年代的照片，年轻的女性排着队坐在一起，即便齐耳短发、英姿飒爽，有着不输给男性的战斗力，绝非是取悦男性或是男性在“物化女性”的时代，女性的审美依然要选择在耳边发际插上一朵小花。可见女性自我选择的顽强。

其实，即便观察宗教界，修女或尼姑，她们在长袍面巾之外，也要展示独特性，有时是一串精心缝边的头巾，非常朴实，然而却有着花费大量时间的手工刺绘。有时，是一串念珠，也经过无数次的精心编织。当然，很多时候，连她们自己也意识不到，这是“性的展露”的一部分。如何体现独特？如何不泯然众人？从共性当中体现出个性，这就是“性的展露”。因此，“性感”首先是一种极具个人化的行为，并非说要到唤起异性的性欲的程度才叫“性感”。

然而现代化的“性感”要令人“迷醉”得多。铺天盖地的互联网、视频、图片及广告等视觉系统，似乎向人示现着如何成为一个“绝佳”的女性：她要是独立的，有着经济基础的，能消费得起物质商品的；她的形象和气质是完美的，冷感的，中性的，令人仰慕的；她符合西方男性（又传递给东方男性）对异性主导的想象，有人说她是男性权力主导下的审美，即便如此，她还是令女性疯癫，朝着这样一个包装出来的形象发展自我。

不管是哪一种权力，发展权力必然导致冲突。迄今为止，没有一种权力是在自动情况下获取的，它必然需要你或代理人去争夺，也没有一种权力的壮大不是伴随着另外的权力的缩小的。权力就是你多一点，别人就少一点。因此，权力的“对等”或者“相对平等”就是“现代性”的要义之一。因为自古至今的权力有一条主线：凡是权力向下移动，它则是进步的；如果向上收紧，它则是退步的。从世界范围来看，进入现代性的指征之一，就是权力在促进人人平等、男女平等、人和动物平等。

具体到两性而言，女性相较男性仍是相对弱势的。首先她们体力上的力量对抗就先输一筹；其次她们在职场上面对的男性集团是庞大的，而且她们还要面临生育和家务的传统任务；当然，她们中的大部分也没有男性那样的野心，她们很少有雄心勃勃或者要做一番经天纬地的事业这样的想法，她们分泌的雌激素和孕激素使她们渴望变得“岁月静好，现世安稳”，以此来达到一个哺育后代的安定局面。“性”从来不仅仅是“性”，它大约是个体的生理性、群体的社会性、人类学的积淀性的总集合。有人说，“性”什么都是但就是不是它自己。这样的论断虽然失之偏颇，然而却颇具哲理性。

对于男性而言，“性的展露”和“性的抑制”同样适用。有一个我道听途说的说法，脑科学家研究发现：男人 5 秒钟就会想到一次“性”。我们姑且大为延迟——5 分钟想到一次“性”也是惊人的。也就是说，“性的脉冲”是一项生理本能。它促使男性展示获取世界的能力，以此获取女性的青睐。19 世纪最重要的三个思想家可以说是马克思、达尔文和弗洛伊德，弗氏的理论基本上是建立在“性欲”之上的，他认为“利比多”这样的性冲动是解释人类一切行为的根本之因。尽管后来的心理学家认为这有失偏颇、教条主义，但没有人否定“性”所占的比例是巨大的。

男性的“性的展露”比女性更具行动力，而且他们对“性的抑制”是薄弱的。也正是如此，“道貌岸然”“伪君子”“人面兽心”这样的贬低之词层出不穷。“柳下惠坐怀不乱”被视为一种难以抵达的道德模范。

许多例子表明，当“性冲动”发生时，男性的智力会下降，此时由多巴胺带来的刺激，会冲破一些禁忌和伦理规范。智力正常时，人会相对理性；而激情到来之时，那熊熊大火使人受到煎熬。情欲的煎熬使男性愿意花费大量的时间和精力去追逐异性，这和猎人在森林里跟踪猎物、设置陷阱、接近目标，最终经过一番搏斗的本质是一样的。当这种平衡态稍微过激一些，会演化成人类对于暴力和色情的需求；而当它不足一些，则会变为宗教和性冷淡。古希腊的“英雄人格”和中国的“自古英雄爱美人”是一样的。人们视“阴”和“阳”的互相般配是一种美好。“才子佳人戏”和“大团圆”的结局是东方古典中屡见不鲜而又屡试不爽的戏码，它甚至建构了某种心理模式：门当户对，传宗接代。这和“种姓”和“阶层”的般配也是一致的。纳博科夫所加入的“现代性”则让另一类隐情大众化，中年男性疯狂爱上了一个未成年的少女。它部分嫁接了某种爱恋的产生：少女的恋父情结和父亲视女儿为小情人的情结。后来经过文明的驯化，“性资源”得到相对容易及公平的分配，同时对于乱伦的苦果有所验证，近亲之间再也不敢如此造次了，有的村落由于亲族聚居，甚至不允许同姓之间发生联姻。然而表亲之间的性事彻底被社会规范抛弃，则要到近现代了。还有多性伴侣，尤其是男性合乎社会制度的三妻四妾，和近亲联姻一样，在漫长的历史阶段都一直存在，而仅仅到近现代才得到废除。

显然，文明的驯化对于“性的抑制”功不可没。四处饥渴地进行“性的展露”是一种“野恋”“未开化”的状态，而将性的注意力转移到创造、艺术、事功上，转移到建设世界上来，则似乎成为一种“性的圈套”，男性通过事业的成功来获取女性的包围。可以说，阶层越往金字塔顶端走，社会调节机制对“性的抑制”则愈加苍白无力。

“性骚扰”的本质是“性的抑制”不足，而“性的展露”又太过。中国人讲究“发乎情，止于礼”，则将“抑制－展露模式”作了一个基本的规范。当今社会，表达性的渠道更多，但也更随意，但前提条件是“你情我愿”，如果当事的一方觉得身体接触或言语刺激时心理不舒服，却又迫于“难为情”或各种压力而不得不接受，以致当时或事后产生了心理不适感，这对于被迫接受或隐忍的一方来说，其不适程度不亚于吞了一只苍蝇。人和人交往的

“边界感”被打破，弱势的一方意识到这是一种“侵犯”。

然而“性骚扰”的一个普遍现实是，整个社情尤其是男性群体会倾向于认为，性骚扰不是一个严重的事体。原因很简单：事实也的确如此，性骚扰的结果无非是三个——承受、躲避和对抗，而绝大部分的女性都选择了前面两项，甚至于在一些权力体系中，有些女性会主动配合这种骚扰，成为一种司空见惯、见怪不怪的社交常态——主动喝交杯酒、搂抱合影，或者是将性骚扰隐藏在表现暧昧的动作之下。由于现代社交的进一步开放，经济基础的大幅提升，风气奢浮成为一种新的风尚，女性在权力和地位不对等时，更容易“让渡”出自己的身体权利。其中一些主动“投怀送抱”，以及怀有“扑倒富人”之心的女性也做了不好的示范。

“性骚扰”因此处在一个灰色地带，它常常被包装成“暧昧”或“调情”，这也成了男性在众目睽睽之下公然进行“性骚扰”的经验。女性往往难以在这种场合“撕破脸”，因为这会“破坏气氛”或“扫兴”。她们必须显得很从容或老练地“挣脱”，这或许是她们职场要学习的第一课。问题是，这样的课程设置显然是不合理的，不是她们的错——当她们显得格格不入时，会怀疑是否自己做错了什么。当强势的男权无论是在家庭、工作地还是社交地都显示出了他们的“领导者”地位时，与其说他们是在性骚扰，不如说他们是在权力的光环下满足自我的“性的路演”。此时，“性的抑制”已然失控。显然，有了权力，人就不用抑制自己。而对此愤愤不平的男性，往往又是失权者。

一个健康的男性，应该是在可以行使权力时，而不去行使它，这才是控制权力，否则，就是被权力控制。同样的，当男性有了性骚扰的行为时，他不是在控制性欲，而是受性欲支配。女性只是他性欲的对象物而已。男性有赖于进一步控制性欲，这样他们才可以进化得更好。

由于人类的普遍法则是倾向于男施女受，在两性之间，男性更主动，充当进攻者的角色；而女性更被动，充当防守者或接纳者的角色。由于这样两性的角色设定，男女之间的游戏更像是追逐和应允的关系。然而不管怎么说，前提条件是，男女双方互相拥有好感，至少不感觉讨厌或憎恨，这样的两性关系才发展得下去。因此，如何判定“性骚扰”，其实是有个先决条件的，那就是女性是否对男性有“好感”。而“好感”属于一种主观感觉，必须依赖女方的感觉。然而亦有不少时候，男性会充满乐观地想入非非，认为女性的花枝招展是对自己的中意，或者将女性的恼怒看成了“娇嗔”。于是两性间就这样出现“严重的冒犯”。

因此，必须进一步厘定性骚扰的程度——触碰身体、言语刺激还是视觉暴露。很多时候法律总是后知后觉，而强大的社会压力，受指责的往往是女性这一方，当女性受伤害时，她的家人甚至会责怪她“没有保护好自己”。似乎社会默然认可了某种逻辑关系：男性是无可救药的性欲动物。“男人都那样儿”，与其说是一种社会指责，不如说是一种社会纵容。

尤其是，除了当事人自己，没有人知道“性骚扰”的心理伤害有多大。恶心、自我否定、自我怀疑、对社会秩序的失信、无助、自暴自弃、陷入死循环，等等。当强大的习俗力量使女性难以启齿、难以言明，尤其是有时候要面对长期受伤害的现实，他人指认的“荡妇羞辱”反而是小事，自己对自我的矮化则要严重得多。要知道，女性是一种天生追求完美的生物。

女性为了追求权利平等而发展出来女权运动。所有的运动必然激进，否则就不成其为运动。而一旦某一个运动走向激进，不可避免地要误伤或伤及无辜，这或许是必然的代价。有时，一个观点被过分放大，则会掩盖其余的问题，甚至会冲击到不持此观点的人。有时，仅仅是某一句话的谬误，会使人否定整篇文章，甚至怀疑作者的价值观。这种“归类”和“夸大”的逻辑谬误在激进者身上，很容易重复发生。而某些时候，激进者之所以变得激进，是一种应激式的反应，这种反应源于自己曾经受到过伤害或迫害。激进者对某一特定的命题，会比普通人较为敏感。然而不能因此批评普通人“麻木”。普通人要为生活或生存而付出琐碎的时间，他没有义务去讨论或争辩各种议题。普通人也很容易受干涉和调动，因为他并不拥有专业性的分辨能力。因此，网上大量的言论，其价值仅仅在于他们有发表言论的权利。

两性的交往，前提是互相抱持着欣赏与尊重。欣赏才能互相产生好感，而尊重才能不逾越边界。但这又是个理想或抽象的模型，因为在现实世界中，你很难遇见这样的时刻。因为一些事务，你不得不与你不乐意交往的人交流，或者要么你看不起对方，要么对方瞧不上你。我们的日常生活被各处各样的情绪所笼罩，也很容易被某些话语、某些强权牵着鼻子走，尤其是当你信任一个人的时候，更容易失去防范，而这时又会因对方的行为而产生新的苦恼。

指望法律解决一切问题是不现实的，指望道德更不现实。当然更不能指望心灵鸡汤，抚慰某些业已受伤的心灵；或者指望某些技术性的指导，比如防范性骚扰的若干方法。不乐观地说，性骚扰将会是一个长期的存在，在运动来临时，它可能规矩几天，此后又故态复萌。因为人性的进化是很缓慢的，我们当然可以抱持在一朝一夕内大快人心、除恶务尽的想法，然而事实的真相是此消彼长、永无宁日。我们也可以借题发挥，通过“性骚扰”来表达其他的愤怒：中国国情的、体制差别的、司法与媒体不独立的。在“性骚扰”的议题上设置或转换其他的议题，并非不可以，有时还很及时雨，只要遵守一个前提：封闭式的探讨遵循罗伯特议事规则；开放式的探讨遵循每个人尽量去表达，同时又避开逻辑谬误和人身攻击。

由于身处一个洗脑的时代，每个人对“复杂性”和“丰富性”没有相当程度的处理能力，简单地指认“对”“错”“事不关己”或“好”“坏”“就那样”，以及“是”“否”“那又怎样”，是我们力所能及的事，也是程序自动运行的省电模式。它使我们因一句话会否定一个人的言论，因一个人的某次言论会否定一个人的所有言论，继而否定这个人的人格，继而将他打倒，推至万劫不复之地。这是我们至今还在干且乐此不疲的事。

长期来看，“性骚扰”受害者的这一方，正是由于得不到法律的和道义上的即时支持，她们眼中的世界是变形的，而自我也是必须学会不停游走的、寻找能够生存及舒心的缝隙。而且，“性骚扰”的普遍程度令人大为吃惊，如果不是强行遗忘，几乎在每个女性的回忆中，至少都能明确指认出一次相关经历。有的可以化险为夷，有的则留下长期的阴影。这对于女性而言，实在是不公平的事，因为男性受女性骚扰的案例毕竟要少得多。然而须注意的是，一谈到“性骚扰”，就会想到女性是受害者，这种自动联想，在当下是暂时可以的，但男性受性骚扰的情况和程度，将来一定也会揭开。这种发展趋势是平权运动的必然。

那么，我们姑且聚焦于女性受到的性骚扰，女性不仅在公开场合充满危险，被强权者搂抱一下，借故肢体接触一下；如果是在私下场合，这种危险性更巨，极有可能从“性骚扰”发展到“性侵”。无数坦露的案例表明，要用道德品性或意志力考察男性的阴暗心理是靠不住的，年轻的女性必须谨慎地防范，如何穿衣打扮及肢体姿态如何动人当然是自由的，然而用这种自由去面对所有的男性，则要冒着相当大的危险。显然，真正的自由应该是收放自如，否则，这种自由就有成为傻瓜的危险。这就像一个平民置身于战士之中，他当然可以理直气壮地说，枪杀平民是有违国际公约的，他有获取生命权的自由。然而没有人会冒这种危险，而停留于辨析式的争论，我可以行走你不可以枪杀我。因此，我劝年轻女性自保的方式是，在目前社会形态破绽百出的情况下，与其相信真理，不如相信经验；与其为了捍卫权利而以身犯险，不如做一个能屈能伸的“犬儒分子”。因为，你要认识到问题的复杂性和长期性，性骚扰不是一朝一夕能解决得了的。佛教说人间是一个有缺陷的世界，称之为“娑婆”。能克服“缺陷”的，方能成为人间的圣者。然而“克念作圣”，一般人是“知得行不得”。而且，多少圣人面对“性骚扰”，也都败下阵来，因此千万不能作此倚念。

在中国，一名知识分子，一定是将制度性的根源问题放在第一位的；一位女权者，看到的则一定是男权的强盛与欺凌；一位媒体人士，又会将问题归结到新闻的不自由和没落；一个律师，则首先想到是法律优先、保留证据；而熟练的网民则首先想到把问题公之于众，期待网络的卷入；一名激进人士，则会暴露自己的火力和观点，而且不遗余力；广大的“沉默的大多数”，扮演“沉默的螺旋”，跟着搅动，期待真理指引自己上升，然而不免有暴戾之气。如果不加抑制的话，人性必然得不到“救赎”，而是走向罪恶的渊薮。

常常，每个人都有这样那样的复合身份。他的观点也是摇摆不定和复合式的。他的立场和态度往往代表着某一些人士共同的看法。一个人的意识状态，要能容纳相对立的观点，或者能观察到不同人士站在不同的观测点，有的是当事人，有的是亲友团，有的是看客路人，有的是出于研究——研究者的观点，往往较为公平，但也会被视为“风凉话”。有的人士比较激动，则往往出言不逊；另外一些则较为冷静，也因此显得不近人情。还有一些沉默的人，他们往往由于仍然在思考中，或不偏向于对此议题发言，也会因为“不表态”而暗暗被人仇视。“不表态也是一种态度”。假如有小将要诋毁此人，证据也是有的，“莫须有”。

假如在对事态的审视上，我们扔掉自己的立场和视角，更加具有同理心，对于一个施害者和一个受害者，都能有所包容的话，这就达到了相对的公平。所以前提是，“千万不能站队”。要么站在施害者这边，要么站在受害者这边，都是有失偏颇的。或者，要么认为甲说的对，从而攻击乙，这都是思维僵化的问题。而这种思维僵化，则是洗脑的结果。洗脑者，要的就是站队。保持队形，煽动或攻击，这是当权者最乐意见到的结果。

多元的声音，有时也会汇入洪流，形成几股强大的力量。个体因此被裹挟，在洪流中前进。尽管我们处在话语的洪流之中，不自觉地受推动和摆布，但亦要深知，所有的洪流，其发端之处是一而不是二。所有的争论，更像是一场自说自话，因为着重于一些侧面而忽略另一些要素，放大某个局部而无视另外某个局部，这样的争论可以辨析出一些微观的、值得珍视的事物，但同时也会使大局受到损失。假如你想大局无损，全知全能，那等于什么也没说，因为你只能代表一部分人的利益而无法代表全体，你无法使敌我双方甚至多方同时满意。

目前来看，在“性骚扰”的议题上，有一些主次支干的问题。首先，站在女性立场上，替她们设想，支持和声援她们，是道义的选择，而且，历史上她们在此议题中能发声的空间太小了，因此需要竭力去维护她们的尊严，倾听她们的感受，如同面对自己的姐妹；其次，在这样一场发声的运动当中，必然会有一些误伤，或一些方式方法上的不妥，这些也是有修正空间的，但它是次要的维度，对它的修正和批判，应该控制在不影响和否定上一个维度的区间里；再次，以性骚扰议题为名进行的延伸式讨论，关于权力、公平和政治体制的讨论，关于国民性的讨论，关于网络、道德和法律的讨论，这样的辐射性议题，读者也应该有个清晰的位置感，知道它们是发散议题，而不会取而代之成为你关心的核心议题，因此它们同样不会否定或影响上两个维度。

建立这样的讨论模型很有必要，它会使我们的思路和言路更为清晰，你分门别类地将其置于自己的“思维导图”或自己的“思维树”，就会获得更多清晰流畅的思维意见力。

至于一些杂音或干扰音，一些用某个议题掩盖另一个议题的方式，抱持警惕即可，事物皆有来路，皆有归途，时间早晚而已，因果律也是一种科学铁律，事物的发展转归，各有时日。何时爆发，何时隐归，都有其流变规律。在这样的时代洪流中，个人的声音，尽管微弱而不成熟，有时百口莫辩，但认真地思考和梳理，抵过莫衷一是的朋友圈争论。将他人之思化为自己之念，一个人心智的发展有赖于这种写下来的文件。

记得有一位人士曾经说过：不要测试人性，人性是经不起测试的。在法理上，当然是女性不管如何“性的展露”，男性如果没有得到女性的允许，男性针对女性的言语或肢体刺激就是一项违法的行为。然而法理毕竟是法理，现实的情况没这么理想，如果你真以这种方式去测试男人的人性，九成九会大失所望。因此站在法理的角度去辩论是一回事，碰到实际情况又是一回事。立场不同，争论问题的焦点不同，但并不是说，一个叮嘱自己女儿出门见陌生人要穿着保守一点的有智识的父亲，就不认可这项法理。

事物的复杂性和多样性，需要人们心平气和地来探讨。如果不换个立场看问题，你的角度只能看曲面，对方的角度只能看到直面。看起来曲和直是无法统一的，会争论不休，而且二人都有绝大的道理。但换个位置呢，原来这项事物一面是弯曲的，另一面是平直的。这还只是事物的两个面向，而大部分事物超越了一元、二元，是多元存在的。有时为了深入探讨，我们要设立模型，予以抽象和简化，设立一个前提和局限，进行封闭式的探讨。而在网络上，这种探讨就变得开放式了，每个人注重于不同的角度，并且不会去设立一个讨论的前提条件，因此变得众说纷纭，互相攻讦。这时，明智的读者就会采纳其“言之有理”的部分，对于“言之无理”的地方，要给予宽容和理解。有时，一个人只是没找到更恰当或精确的词汇，就会造成广泛的误读。

女性平权运动在宗教界、军队和政府可能最难展开。原因不言自明，这里是绝对权力的堡垒，精神控制、无限服从、信息封锁，以及一套洗脑法则是这里的长项。无论是面对首脑、领袖还是具有魅力的精神导师，还是要谨记某句箴言：“人性是经不起测试的。”不要针对一项失望，抹杀一个人的其他功德；也不要因了一个人的巨大成就，而认为其就是一个完人。这样的“理想化身”是不存在的，它只是人们的精神意念的“投射”。一个人成为圣者，是因为大多数人认可他，并不是他自己具有怎样的力量。他仍然是个渺小的平凡之人，具有肉身的一切烦恼，面对生老病死，一项都逃不过。但智慧确实在圣者身上存在，看待事物的方式和观念发生变化，行为特征随之发生变化，圣者倾向于接近伦理道德的完善，然而需警惕的是，他不可能百分之百地做到完善。

另外需警惕的是，没有监督和约束的权力会倾向于腐败。人们经常愿意让渡出来自己的权力，交给圣者统一打理。这在圣者那里形成一种矛盾的观念：如果要成为一个圣者，他必须把权力的垄断打破，平等地分发给众人；他因此获得了众人的信任，于是众人又将更多的权力交付于他。然后到某一天，圣者的权力大到了众人已经对他无可奈何之时，权力就变成了绝对权力，这便形成了权力的“铁幕”。

此时与其说是圣者在控制权力，不如说权力在控制圣者。绝对权力会造成权力绝对地失控。绝对权力不会以一个首脑的意志为转移，它拥有自己的意志：倾向于更大的权力。

能控制的权力就是“圣道”，而不能控制的权力就成了“魔道”。这就像驾车人一样，起初是他驾驶着汽车，朝着一个目标进发。后来，众人给他的汽油越来越多，他可以去向任何地方，于是起初的目标消失了，汽油倾向于去更多应许之地，而不是由驾车人说了算。

当然，这样说冒着一个危险：为圣者或驾车人开脱。似乎他也是受害者，他被心魔掌控了。但是亲爱的读者，你要知道，假如有人这样指责我，显然他并没有跟我在一个维度上探讨问题。他可以在整篇文章当中寻章摘句，找出不准确或有失水准的话语，以此判断我露出了价值观不正确的尾巴。然后用上纲上线的方式，说什么“站着说话不腰疼”或者“透露出文化精英的优越感”之类的“扣帽子”的话。

你看，我们经常会偏离议题，说一些旁枝弦外的话，从“性骚扰”而至“权力”，从“权力”而至“作者对读者的担心”。人的思维往往会不小心进入逻辑谬误，它自动联想；因为忧心忡忡，而放大某些局部，甚至于将放大的局部当作整体来观照；由于敏感或过激，以及由于自身所受洗脑或教育的背景，说一些自己事后想起来脸红的话。随着年岁的增长，阅历的加深，人会变得逐渐容纳不同的异见，但也会因之变得见怪不怪，或感觉“迟钝”，或懒于发言，或陷入原有的知识结构而无法更新。

作为男性，有必要反省，自己在“性骚扰”的欲念和行动力之间，究竟有着怎样的“思维的谬误”。“性骚扰”是一种特殊而过分的“性的展露”，它有违社会规范。唯一的方式是对其进行“性的抑制”。那么加大社会的谴责力度无疑是一个比较好的方法，它比法律的成本要低。法律在此的确有些滞后，以及目前来讲，对伤害者的惩戒不力，对受害者的二次伤害又过高。

然而运动总会平复，人的神经又无法总是聚焦于某一个事件。当谴责的声浪过去，男性们又会蠢蠢欲动，这简直是必然的。性骚扰必然是长期困挠人类的一个事件，它就像上帝造人时，留下的“Bug”。

对于男性在当下的使命而言，他们要搞清楚什么样的行为是满足私欲而惹人讨厌的，以及如何用体面的绅士的状态来约束自己。“求欢”当然是一项本能，而如何求欢，则充满各种高超的技巧，它们理应是艺术的，而不是粗鲁莽撞的。阿Q当年的“吴妈我要跟你困觉”，人们只是意识到不妥，当作玩笑处理，他这种“性的展露”莽撞直接，令人不适。然而时代不同了，随着文明程度的增加，今天的男性要深知，假若吴妈对你没有好感，这样的话语就构成了“性骚扰”，会对女性的心理造成极大的困扰。

如何使用身体及言辞，对于两性而言，都是一门新的学问。身体的边界及言辞的边界在哪里？当我们两情相悦时，为什么会让渡出身体的权力，供对方支配？而当我们互相无感时，为什么又会变得无限敏感，对此心理不适？你既可以说人是一种奇妙的动物，也可以说人还没有进化得特别完美。总之，当你喜欢一个人，这个人就变得无限美好起来；而当你讨厌一个人，他的一切所作所为都是不洽乃至不洁的。情绪会左右思维的理性判断——顺便提一句，网上充斥着各种包装成观点和知识的东西实则是情绪。

同样是摸一下，是福是祸，云泥之别。诸君伸手前大可不必如此自如。

论成功学

曾国藩是成功学的鼻祖。十多年前，机场书店还无甚书可看，清一色教你如何当个好企业家。后来又多了国学，依然是教你管理、御人、治术。再后来又多了些“佛系”，要修心，“外息诸缘，内心无喘”。然后是中信出版社来接管，大量的翻译过来的著作，新观念层出不穷。开会时不抛出几个误人子弟的、哗众取宠的新说法，就显得不那么高级。

好在机场书店终于不播放成功学传销的电视了。大大小小的“教主”，在机场书店“传教”。思想一斤，方法二两，格局五钱，风度若干，另外还可以丰俭由人，扫码立付。

有两个我不烦的人在机场书店立住了：一个是曾国藩，一个是冯唐。曾国藩实现三不朽：“立功，立言，立德。”论功，晚清中兴之臣；论言，深得儒家精义；论德，没像袁世凯那样把持不住要做皇帝。要说冯唐骨子里全然没有三不朽的圣贤之念，我不信。他几乎也是按这个模式走的：论功，开医院；论言，写黄书白话短诗小说若干；论德，救过窦唯、帮过罗永浩、挺过高晓松、捐过抗战老兵。

曾国藩上学孔孟，下学王阳明。冯唐上学达摩，下学某个长得跟他眉眼接近的无名罗汉。十多年前,冯唐对机场书店要多恨有多恨，放眼望去，无书可读。除了曾国藩，差几可读。抽出一本，带上飞机，对天心扬言：要改变书店生态。十多年后，机场书店把冯唐和曾国藩摆在一起，发死人财和活人财。

也有人认为冯唐无趣，这个观点蛮新颖。首先，他的有趣，全搁在文字中了。生活中，工作中，他大概是金牛座的特性。一桌子人吃饭，他要面面俱到，每个人都不冷落，这般周到的确是李嘉诚式的无趣。然而这种无趣，岂非正是“成事”的第一要义？

他搞写作，也是这般无趣。比如说要写情色，他就把天下排名前十的情色书看过十遍，再揣摩三年，动笔三年，修身忍性三年。

十年有成。曾经请教过他学英文的方法，也是无趣得紧：把一本词典背诵十遍；把海明威读十遍。要想成事，要和专业的、业余的都拉开距离，要想在“金线”之上，除了笨功夫，哪有捷径可言？除了枯燥枯寂枯心，何来有趣可言？

因此冯唐吹牛掰是一种策略。因为他隐隐知道：庸众需要蜜和刀子——好听的锋利的话。

办事，当然四平八稳者好，牢靠。曾国藩吃落败仗，几欲投水。但终于铁定决心：什么汤也要固若金汤。因此发明六字真言战法：“结硬寨、打呆仗。”用现在的话说叫吃相难看。没有故事，也不励志，不好读，没营养。然而管用。真是管用。你学不学？若学，枯燥无味，坚持得下来否？成事是对人性的考验。人性善变、趋利、不稳定。因而，人心多惶惑，六神无主。今天想做多，明天想做空；想语出惊人，又怕惹人非议；亦不免该谈感情时谈钱，该谈钱时谈感情。人的脑子和浆糊，也都有碳水化合物的功劳，有时难免混作一团。如何成事？冯唐言：不着急，不害怕，不要脸。

读曾国藩，重要的是读出他的“笨”。他的某个前辈大师，妇科医生傅青主论书法有二十字真言："宁拙毋巧；宁丑毋媚；宁支离毋轻滑；宁真率毋安排。"然而当代某些书家写字，可谓"丑媚"，成了"宁丑务媚"。书家亦是兵家，你是信"兵不厌诈"的教条，还是"守正出奇"的守则？人生智慧太多，怎么说都有道理，庸众见猎心喜，免不了给自己安装上各种插件，号称"艺多不压身"。

笨者，本也。自己的老本不能折，自己的根本不能忘。西方心理学家实验发现，40%的工程师认为自己的能力在公司能排到前5%。人对自我的乐观估计，真是喜气洋洋啊。小聪明的人，走捷径；大聪明者，则选择笨方法，把棋做厚。

冯唐善使笨招。碾压式通过，降维打击，这些方法他都用过。甚而挑衅专业规矩，写书法，不局法度；搞翻译，不局法度；成事，也不局法度，他的事业，跨界跨得厉害，使人另眼相看，无从置喙。

然而仔细想想，成大事者不拘小节。成更大事者，视法度如小节。因此冯唐不可学，我也不建议学。学冯唐者，肖冯唐者，皆死。

私下里，冯唐强调执行力，看中贯彻战略战术的人。但他不讲麦肯锡，而讲曾国藩，是国情使然，还是他认为曾国藩才是祖师爷？麦肯锡以三分法取胜，重逻辑条理，而曾氏讲学则天命第一、人力第二、慎独第三。人的经历越丰富，越不敢据成功为己有，多言侥幸、万幸、承让。天道好还，足可敬畏。

冯唐注解点评曾国藩，实乃探囊取物小儿科之事。这件事由他做，太有说服力。而且这个念头他挥之不去，已有经年，终于草蛇灰线，落实文字。我是认真捧读，厕上床头桌边，窥其心迹，辨其谋略，想其情态。天下事知易行难，欲成事者，知得行得，久久必中。

曾爷不朽，冯爷不朽，法脉如天理，周流不息。智慧广大悉备，徒子徒孙，如何起落于机场书店，打自己的如意算盘？

人们经常感慨知音难寻、
知己难找，
要想寻得知音，
还得从独处那儿去找。
人群当中是找不到知己的。
所谓知心者，
是形成了一个精神共同体，
有着难以言喻的默契。

写这篇文章时我想起了王小波的两句话。一句是：

> 生活就是个缓慢受锤的过程，人一天天老下去，奢望也一天天消失，最后变得像挨了锤的牛一样。
>
> ——《黄金时代》

另一句则是他的数学老师告诉他的：

> 我上大学时，有一次我的数学教授在课堂上讲到：我现在所教的数学，你们也许一生都用不到，但我还要教，因为这些知识是好的，应该让你们知道。
>
> ——《沉默的大多数》

数学老师的这句话很有哲理，可见，王小波的哲学知识是数学老师教的。这也怪不得他喜欢罗素，因为罗素既是数学家也是哲学家。

这两句话对比来看，就有一种漫画效果：数学老师在生活中是受过钳锤的——受锤的表现之一就是学生不爱听他的课，或许还有在学校里头受排挤，被边缘化。这是一定的，那么多大学教授在各大高校里跳来跳去，最后发现并没有一个背景、靠山或根基，去哪里都是做寄居蟹，真有人生如寄的感觉，这也是缓慢受锤的过程。

可是，在生活中缓慢受锤的数学教授仍然在一字一顿地说："因为这些知识是好的，应该让你们知道。"这句话可以解答一半以上关于读书的疑惑：因为这些知识是好的，所以你应该去阅读。

为什么说知识是好的呢？因为知识是求真，而求真即是善。如果一件事物既求真而又向善，那它就是美的。我们说一样事物很美好，就是指它既美且善。如果一件事物既美且善，我们就说它是真的，它是真诚的产物。

"因为知识是好的"这句话，比"你要保持好奇心"管用。既然一个人的生活状态是必然缓慢受锤的，首先他的活力丧失就体现在好奇心的缺乏上。冷漠、木然、呆滞、靠习惯动作维生，是不需要批评的，因为这是一个人自保的唯一方式，换句话说，一个人在受锤的过程中，选择了“低耗能模式”——也无非是希望不要一下子被锤死。

这也是日常人生中的挣扎：一方面对读书抱有无限的热情，靠买书来示意自己是热爱阅读的，但又仅此而已；毕竟每天要一样去公司受锤。受锤需要时间，阅读更需要时间，而这并不是一道选择题——难道你有资格在受锤和阅读之间作出选择吗？吊诡的是，你也找不到那个锤主，可以求饶或呼告：轻一点，我疼。如果勉强用个社会学的词汇来对应，或许可以选择福柯所言的“规训”（Discipline）。

没错，“规训”对应的就是王小波笔下的“受锤”。我姑且来做个百度百科式的搜索，看看当下理解的“规训”是如何表达的：用来指称一种特殊的权力形式，即规训既是外部力量干预肉体的训练和监视手段，又是不断制造知识的手段，它本身还是“权力—知识”相结合的产物。

这段解释有点绕，不妨粗浅理解为：规训不仅会使人受锤，而且规训还会发展出规训学，以指导如何更好地使人受锤。

假如说我们读书，读到了“规训学”，并且以此为“洗脑”并付诸“实践”，成为实施钳锤的人，整天对别人虎视耽耽，恨不得锤而后快。我们因此而敢说“因为知识是好的”吗？

拥有莫名的快意是值得警惕的，快意是好的，但引发快意的来源则不一定善。我们理解“因为知识是好的”这句话，必然预先认同了一个前提：那就是知识不是单一的，并非封闭的，而是可以自由交流与思辨的。如果一辈子只让你读一本《圣经》，并不让你阅读别的书，那这本书一定还有个名字，叫“撒旦”。

“知识之好”来自于自我寻找，来自于不惮于走弯路，来自于内心信念的集成与驱动，它远远不是由外界强加的意志所逼迫的，不是由外界的形塑所赐予的。否则，它永远无法内化为个人心灵中“内在的知识”，它永远是处在一个遥遥的路途中，记住了，便又忘却了，反反复复，与生命无涉。

一个人做青年学生的时候，他的思路是最为活跃、极其敏锐的。此时，他可以推翻他过去所学的一切，使得人生来一次大翻转。如果用“康波理论”（俄国经济学家康德拉季耶夫，发现发达商品经济中存在的一个为期50—60年的经济周期。）来看，这是人生的第一次机遇，使得他的生命意识得到一次“跃迁”。但此时的青年学生，又是最易“受惑”的。因其敏感、好恶分明，却又易受人哄骗与利用。至少有三个大学问家讲过受惑的故事：一个是达摩东渡，说要寻找一个不受惑的人；一个是孔子所说，“四十不惑”；另一个则是胡适，他在一次北大毕业生演讲时，提到了上述两个人，并告诫说：“我希望你们将来做一个不受惑的人。”

诱惑、迷惑都是惑。惑不是因为匮乏，而是因为选择困难症。所以反而是鲁钝者，并不去选择，终于却成了大器。选择太多，修哪一门的学分，上哪个老师的课，都会迷惑。这个老师考试好通过，学分好拿，就修它了，这就是诱惑。“中心无主”，自然会受惑。并不知道自己想要什么，是大多数年轻人的困惑，一路惑下去，惑多了，也就有了校正准星的感觉。

此外，还有一种“受锤”的感觉很舒服，使人觉得甚是享受。也让你忽略了这是受锤。一个很简单的道理，现在的年轻人白天给公司打工，晚上给马云和马化腾打工。白天受阳锤，晚上受暗锤。上班一天累了，晚上刷刷朋友圈，看看视频，打打游戏，购购物，这怎么能叫受锤哩，只是放松一下好不好？以前知识界所说的“潘多拉魔盒”，这种诱惑力极强的、个人无法对抗其引诱的盒子，不就是今天的手机吗？而对于阅读的建设与努力，就是重新关上“潘多拉之盒”。

受锤而不自知，等于两次受锤。如果你身处在一个“信息茧房”或“知识茧房”中，你以为这像母体或子宫一样安全，全然不知这是一个“阉房”——阉割起来，对方大呼痛快，你也大呼痛快。如此这般地配合，真分不清楚谁才是那个掌握至高真理、道德至为高尚的人。

而要打破一个“信息茧房”，几乎是不可能的。不管怎么打破，你总会被“未知”与“无知”的边界所包绕，那仍然构成了一个茧房。你似乎只有两种方式：一是让信息茧房更大一点，不要使自己不适或窒息；另一则是你要开个“口子”，使自己能透透气，也知道别人的茧房长啥样，甚至能去串串门，保持人与人之间的连接，而不是全然被信息工具锁定了。说到这里我又不得不补充一个条件——两个阉人之间的串门是无效的。

说到读书本身，我不得不重申有两套学问办法：这两套办法都行得通，且都行之有效，且应该能互相兼容。倘若不能兼容，则是你头脑中的某个开关被阉割了。这两套办法，一套是本国的，一套是他国的。大凡立意之宗，设一个学问的总前提，莫过于“佛性没有南北，学术不分西东”。回到那句话：“因为知识是好的。”如果你对知识预设障碍或存偏见，那已经不是性格的问题，那是人品的问题。

所以我认同钱锺书的看法：“东学西学，道术未裂；南海北海，心理攸同。”无论读书还是做学问，都不是给别人看的，也不是为了谋生或取得一个受锤的资格。它事实上是渡过时间长河的一种方式，只有在读书的过程中，我们才效率最高、所获最多、心下最惬。

例如杨绛的读书方式是“如晤友”——就像一个老朋友在你对面谈话，你困了累了烦了，还可以抛开他不管。若他有魅力，你免不了又捧之若饴。关键是这样的谈话有益有趣，还没有什么废话，都是精华。真有个朋友来了，喋喋不休，你也嫌烦。

时间长了，读书人免不了有各种毛病：爱独处，不爱社交，习惯了冷眼看人，即便交往起来，也是话不投机半句多。不想受锤和想受锤而不得的失意人，多多少少都能迎来另一场大欢喜——在知识面前无限动容。

想起自己曾写了一首打油诗，叫《只是读书歌》，不妨放在这里以充作结尾：

莫为贫家子，贫家无书读。

莫为富家郎，富家无须读。

莫入帝王家，帝王身心患。

莫隐山林间，山林只等闲。

莫向孔方求，孔方恐多忧。

莫招佳人妒，佳人自多虞。

莫去春光觅，春光逝无情。

莫想行路远，行路费时艰。

莫愁三餐饥，三餐药石疗。

莫把七情伤，七情皆箭枪。

莫向外处寻，外处皆幻景。

莫向心内讨，心内非真宝。

一心只读书，书中有真经。

读书千百遍，真性自然现。

且须道问学，不妨闻思修。

一了百了义，自欺欺人毕。

如此方得法，莫为皆可为。

人生的烦恼，
世界的缺憾，
在诗人的自有境界和自为天地中，
一一化作「鸿毛大风」，
「外物不可必，中怀须自空」，
持虚而守静，
日心说和地心说都过时了，
此刻的人心，
就是宇宙的中心。

由于人具有大胆而疯狂的想法，伦理是无法完全制约的。这一点几乎每个理性的人心里都清楚，比如王室和贵族当中，乱伦的事例层出不穷。在一些真实的视频案例当中，可以看到令人恶心的人和兽类的交配。但是有一部分不那么恶心的呢，譬如主人和自己的宠物之间的亲密关系，往往就能引发欲念。贾平凹有个小说，一位年轻貌美的女士由于性的压抑而与狗发生了人兽恋，最后跳崖自杀。（《五魁》）

伦理始终只针对大多数人——甚至绝大多数人有效——因为大多数人是理性的，不会趋向于变态、疯狂或严重的心理和精神疾患。

然而，没有百分之百的人类是在伦理之中的，永远也不会如此完美。故此，禁忌永远会受到挑战，挑战者不计较“风险／收益”的偌大悬殊，社会风气的捍卫者也往往要施之以火刑、水葬及各种带有严厉性质的人身惩罚。但为何这种挑战人伦的旷世之举屡禁不绝？或许，在我们的基因当中，就已经埋藏着这样的“疯狂想法”，然后要付诸实施？也就是说，是否存在这样一个可能，造物主在造人之初，就已经设计好“潘多拉的魔盒”，并且始终使其面临着打开的危险？而且，一旦如此，即加速了人类的“自毁机制”，使人类成为“进化”的“王者”之后，也将走向“弱化”的衰途？

生物技术和人工智能技术正在加速这样的局面：生物技术终将面临如何“创造”人本身的问题，而人工智能技术则可能会改变“蛋白质”作为“意识”的载体。“长恨此身非我有”，不用再恨了，把你的意识（量子记忆）载入到芯片或机器脑即可，如此可得永生。无论是用“干细胞克隆”的办法还是“基因改写”的办法，人类最终将“终结自己的历史”，原来的秩序不管用了，需要新的秩序。我们可以畅想一下：一些喜好蛋白质作为意识载体的人士，可以像“复古派”一样，成为肉体的拥有者；另一些新潮的人士，则更喜欢金属的或者是塑胶的身体，甚至于庞大的机甲，没准是八爪鱼一样的三头六臂也未可知，他们的身体已经装甲化；也有些人喜欢二者兼得，他们有着机械臂或者机械腿，不高兴了就重新打印一个换上。

曾经臆想中的怪物，原来都是真的。意念或意识，都可以变成或示现为存在之物。技术的发展，的确是再也回不去的。无论是田园牧歌风还是城市跑酷风，都将化为历史的乌有。

这一切似乎无可抵挡，然而伦理的重要价值在于：新的历史该以怎样的速度在什么时间登场？伦理可以调整这个坐标。伦理当然阻击不了礼崩乐坏的一代又一代的折腾，某些时候，礼崩乐坏正是在解除对平民的束缚力。然而，当伦理捍卫的是人类自己的价值观："己之不欲，勿施于人"的时候，技术手段就有了"正义"和"非正义"的区分。而且，此时，为了"正义"的目的使用"非正义"的手段也是"非正义"的，为了"非正义"的目的使用"正义"的手段也是"非正义"的。只有全然而然的"正义"受到伦理的保护，否则，伦理将会谴责他。有些约定俗成的习俗和法律将会因之追责。

尽管有各种伦理的制约，试管婴儿、代孕技术还是成功地拓展了市场。目前世界上已经有超800万个试管婴儿。同时也催生了一个分布全球的巨大的生殖细胞买卖市场。而且，由于社会规范和文书的约束，极其苛刻的条件下，才可以运用这项技术。结果因此造成了一个巨大的“黑市”存在，在这里，伦理是不起作用的，也受不到任何监督。你可以选择一个名人的精子，选择受精卵的性别，选择胞胎的数目，选择遗传性状，总之，你替造物主部分地修正及设计了未来的“人物”。

而克隆人也是“人工生殖技术”的一种，当人可以复制自己的时候，几乎旧有的秩序都面临被摧毁的危险，这已经被伦理学家警告过无数次。然而人类面对的巨变的前夜是：一方面，人自体的交配和繁殖被各个击破，基因、克隆的改观已经加快了脚步；另一方面，人工智能也将面临一个突变，人工智能某一天可能取代人类成为新的领导者。这二者的时间界限越来越临近了，人类从原始人到智人花了三万年，农业社会花了三千年，工业社会花了三百年，信息社会花了三十年。而一个不可预知的“人工智能+生物科技”社会可能仅需要几年的时间就能达到“突破”。事物的运转速度越来越快了，迭代的压力已经将各个行业都击穿了。

当然，有两项事物是亘古不变的，即便技术在飞速地发展，“正义”和“邪恶”二者永远不会退场，有人将技术用来满足私欲，有人将技术用来谋取公道。世界的吵嚷也是在这个过程中前进或变形的。有些人必然忧心忡忡于人类的未来，而另一些人则完全抱持乐观的态度。一些人想到的是人类面临大失业或大退潮的问题，另一些人则想到被无边的科技和机器人环绕，自己成为一个后宫中的皇帝。

但是，回到叔本华的主题中来：“得不到，因而痛苦；得到了，因而空虚。”欲求不满，所以痛苦；欲求既满，既而空虚。这是否是设计人类基因时的一个程序缺陷？这个缺陷是否会被我们的基因医生改造？我们多多少少已经接受了一个人对自己的容貌进行改造，那么是否可以进而接受对遗传基因或灵魂加以改造？如果可以的话，那么结论仅仅剩下如何变得更安全和舒适的问题了。伦理学家可能会被抛弃得很远。

伦理学家的失效正如中世纪的神学面对科学的进步继而失效一样。无人驾驶的汽车迟早要冲上交通要道，即便为了伦理学上的遮人耳目，科学家们只能悄悄摸摸地驶上高速公路。禁忌一点一点退守，对此的调适或许只是一个心理预期的缓慢接受过程。

人从身体中一点一点地解放出来，人的边界不再是以身体为单位。人的外延被不断拓展。过激的人被称为“狂人”，而保守的人呢，则是另一种复古的生活方式。

因此伦理学或许需要重建。因为人类的价值观体系，在技术的冲击下，部分的甚或全部的，都已经动摇了。我们或许会制造、驯服出新的人类，他们没有负面情绪，永远在欢乐之中，也会长生不老，意识不灭。他们也不会疲倦，不知痛苦和空虚，因为诸多新奇的搭配和菜单等着挑选，类似于佛教所宣称的“天人”境界。他们甚至不需要享受食物、使用电力或晒晒太阳就可以补充能量。他们也不需要谈情说爱，那是一件会引来诸多麻烦的事，无性生殖早已经实现。他们将会接近于人类长期以来所致力并为之奋斗的终极之境：长生不老，永远欢乐，没有战争和屠杀，心境理性而平和。

这对伦理学家而言，的确是无法接受的事情：子女和父母，是非线性的关系；人和新人类，也是非肉身的关系；碳基人和硅基人，

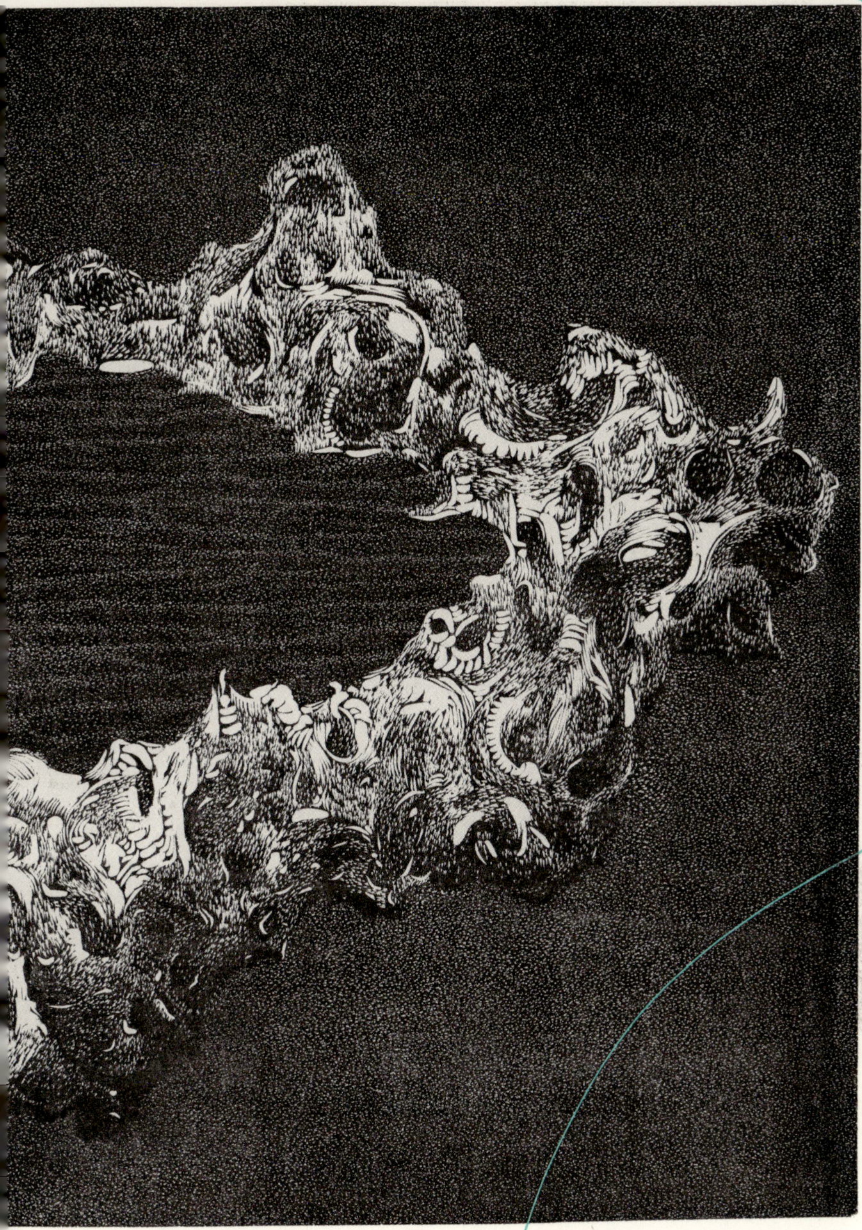

欲求不满，
所以痛苦；
欲求既满，
既而空虚。
这是否是设计人类基因时的
一个程序缺陷？

早已你中有我，我中有你；基因漫天飞舞，英雄辈出，人的力量得到空前的壮大。

但是伦理学家仍在思考的事是：这极有可能是一种假象，是人类的一种自我麻醉。因为一个新的权力体系会诞生，那么谁是这个权力体系的王者和最高受益人？我相信，伦理学家如果不把这个问题搞清楚，他始终会对未来世界的秩序抱持忧虑。

也就是说，当我们描绘一个未来世界的时候，正如过去的人类描述一个当今的世界。真正关心的人的边界的问题是：权力中心在哪里？技术使哪些权力遭到了消解，又使哪些权力得到了加强？当人的力量变得更强时，让“人的力量变得更强”的力量是否就是新的权力顶峰？

当人类进入“长生不老，无比欢乐”的境地时，这个力量背后的力量的利益是什么呢？如果权力没有利益，他行使这个权力的必要性在哪里呢？

所以鼓吹者会强调“变化”，让当今的人士以为“天翻地覆，彻头彻脑”。从此“敢教日月换新天”。而恒定者会看到“不变”：背后的权力是不变的。总之，这是一件未及深想已经不寒而栗的事。人类是否能逃脱到不被同类的权力所控制，其难度不亚于搬起一把自己坐着的椅子。

这也是伦理学家担心的事体：假如某些狂人的行事冲动走得太快，必然会给人类造成灾难性的压力；狂人想要攫取权力的谋划，往往是通过毁灭他人而毁灭自己。

尽管伦理学家深知，技术的变革不可阻挡，现有的秩序将会被打破，但何时、以何种方式稳妥地进行，则是最后一道屏障。这就像一场战役的大撤退，它应该是有组织地进行，而不是无序地奔跑。伦理学家就是那个担任殿后任务的人。

如果没有多种力量的制衡，一个多元的世界就会变得单一化，即便外在的多元也难掩内在的单一。未来既有人、也有基因改造人、也有人工智能人的时候，这个世界将变得更加多元。但是，是否内在是单一的呢？一个王者搞出三个政党而已？一个造物主的代理人，一个上天之子？当然，更有可能是形成一个“王者阶层”，一批超级阶层在崛起，通过自己在国家、科学、财富和文化等方面的权力，定制新的规则。我想，伦理学家应该加入这个游戏，以确定怎样的文化和习俗应当得到保留和鼓励，怎样的包容度可以得到确立。如此以来，亘古未变的“精英”和“大众”的关系，依然存在。这个世界貌似未有更多的变化。

这是我们长期以来，在诸多领域内形成的争辩：哪些东西变了？哪些东西没变？哪些东西发生了革新，或从量变走向了质变，从常变走向了突变？如果有些东西变了，究竟带来的是全局性的变化或仅仅是局变？哪些东西又是世代在变，而另一些东西亘古不变？

比如“活下去、活得更好”，是人类亘古不变的追求。但活下去及如何活得更好就面临伦理冲突。饿极时吃不吃同类的身体、国破时当不当汉奸，这些追问，都会产生丧心病狂的、使人精神分裂的现实问题——因为现实的确如此发生过。

因此人类学会了规避这类问题的出现，那就是尽量以一种人道的文明的方式，成为个体彼此默认并且遵照的行为底线。如果逾出一步，则会受到共同的谴责，甚至是法办。

而“活得更好”则有两项内容：一项是物质条件的；一项是精神状态的。物质条件的活得更好，则有赖于整个社会经济基础的全面提升；精神状态的呢，则有赖于对于宗教、文化艺术的陶冶，使其人生过得更加充实，更富有实现人的自我价值，更加有被他人需要的感觉。

如何活下去，以及活得更好，即便是未来“混合人”的世界，也依然要面临这样的问题。使弱者不致劣汰，强者必得有同情心；使强者不致目中无人，弱者必得有进取心。那种将未来世界一味描述成“单一的、优良的”世界的方式，要么是出自无知，要么是出自哄诱。

因为物质世界是反复叠加的，会趋向于越来越复杂，产生愈来愈多无用的东西，如果以物质而论，当今社会的普通平民，他享受到的物质待遇，即便是一百年前的帝王，也想都不敢想。他接收到的娱乐节目，也是如此。但他并不会因此而幸福，因为精神上的欲求使之与周边的人竞争、攀比。如此一来，他享受到的种种人类智力成果，也不过是如同空气一样，人人都在其中呼吸而已。因此，他的幸福感就被剥夺了，他和帝王的区别在于，帝王的权力是他丝毫未有的。他没准连选举帝王的权力都没有。

而人的精神世界则趋向于“从简”，精神世界的饱满程度，往往和物质世界成一个反比。这也可以解释为何有那么多“苦行僧”。只不过，当代很多人，是以工作的方式修苦行。几乎工作是唯一的乐趣。当然，并不是所有的工作爱好者都会成为病理性的工作狂，这是两个需要区分的状态。一种是值得嘉许的，而另一种则要警惕。

人的边界与人正在扩展的边界，还远远未可知。人的属性从生物的、智能的、社会的，将来没准会过渡到人造的、机械的、意识的。当旧的问题解决了，新的问题就会产生，问题是亘古存在的，变的是每个时代要解决的问题。

面对未来，我们被裹挟着不得不去“杞人忧天”，也不得不去“为稻粱谋”。这些担心，都反映出我们想怎样活下去，以及如何活得更好。结果因为这样那样的担心，你因为老想如何活得更好，结果活得不好。但如果你不去想呢，又失去了“未雨绸缪”的能力，这真是一个要精密计算的公式，或许要结合大数据才能考证，人类怎样自处，以及如何对未来担心，才是收益最高而无损健康的。一些人的选择是宗教，而另一些人的选择只是忧郁。因为他会说，要么忧郁，要么去死。

如果人的边界是开放性的，未来完全可以充分证明这一点。那么关于人的定义，关于人类的几个分期，都将得到重述。人或许和“人造人”“人造机器人”“机器造人”“机器造机器人”的意识和身体会叠加，“混合人”成为世界的霸主，意识仍然和现象世界漂浮与碰撞，出来一个更加瑰丽和灿烂的文明。

那时，我们就进入了博物馆，成为影像或标本，那时的人们充满同情地看着我们，一方面为我们的工业文明或手工工艺而惊讶，另一方面又为我们落后的生产力和统治方式而遗憾。

好人与坏人

坏人碰到的人都是比他好的人，所以坏人容易得势。好人碰到的人都是比他坏的人，所以好人容易吃亏。

但是从长期来看，坏人虽得势，却失去了别人的忠心，便只有不停地用淫威和巧骗摄受不同的人，用尽机心，身边的人像走马灯一样换来换去；好人虽吃亏，却得到了别人的信誉，他不用讲故事，他自己就是故事，最重要的是他机心不动，因此仁者寿。

好人吃了亏，于是觉得不划算，使自己柔软的心肠变得坚硬起来，对他人也斤斤计较，便失去了敦厚温柔，因此也会慢慢滑入坏人序列，这一类好人是最多的，也是最不值得的。以暴易暴、吃亏的必须要夺回来是这类好人认为的公平，结果失去了宽厚和悲悯，而且和恶龙缠斗久了，自己也会变成恶龙。

好人有更重要的事要做，他对外物得失、外在取舍不那么在意，他对名闻利养不那么钻营。他专注于人自身心性的壮大，廓然无圣。所以好人是不会软弱的，他像一棵树一样，弱小的时候受霜雪凌欺，但都不为所动，没有报复的心态。因为其志如一，他自顾自地走向生命的成长、心性的壮大。最终使其成为参天大树。好人因此也成为荫庇众生的人。

总的来说，好人不必报复哪怕是抱怨坏人。坏人是病人，好人虽没有医治的技术，但有医生心肠的人才是好人。

翻译布考斯基。最难翻译的是他的脏话。说好脏话不容易。有教养的粗俗最难。美国文化处处可见有教养的粗俗。

看了 TED 关于拖延症的演讲，说两句不同的观点：拖延症不全是坏事，它只是未能按预定计划行事并按时达到目标而已。

这恰好说明了人的大脑不仅受理性控制，还有超越理性的矫正因素。

拖延症往往发生在：不愿做的、有难度的、缺少当下激励的事物身上。

这或许可看作是身体的一种自我保护：不愿做的往往是理性认为该做，而直觉却在告诉自己逃避；有难度的则是在反抗制订计划的不合理，因为过分乐观而造成了难度，为什么不把拖延因素考虑进去？

如果在计划中，把长远重大计划分解成若干小步，并且每一步达成后，都给自己一个激励：一杯茶、一块蛋糕、一场电影或一次远行——那么，拖延症会治愈。

但我的观点是拖延症无须医治，因为拖延的时刻至少有两个好处：一是拖延实际上是在对一项行动打腹稿、模拟实现场景、酝酿实施行为的源动力，以便能一鼓作气攻克；二是拖延的时刻你虽未去做 A，但还是至少做了 B。B 或许是琐事，或许是非紧急目标，但对生命而言是同样需要的。

因此，这便引出我下面的观点：重要的不是解决拖延症，而是该如何设置一个 B，使 B 具有同样的重要性。

比如，我在看 TED 是因为拖延去做《赳赳说字》。但看 TED 同样重要，因为可以用它学英语。

逃避学习，那么去打篮球，身体好；不想运动，回来看书，脑筋好。

很多学习好的，拖延数学，于是去看文学，亦成大家。文学弄通，再看数理，亦触类旁通。

经济学家把这个叫“对冲”，做多和做空一起来，瓜豆一起种，总会有收获。

以偈说法：

懒于种瓜去种豆
种豆费力去种瓜
种瓜得豆非难事
种豆得瓜双全法

有效的争论需要同理心，尤要注意不要各执一端，否则永无宁日。争论是没有尽头的，知晓为何争论很重要。有几种争论是要不得的：为了显示自己的高明；为了一己的利益与立场；为了价值观的不同；还有一种争论是为争论而争论。

只有具有超越争论的意识时，你才可以组织或参与一场争论。

正义的副作用是自以为真理在握，于是不免先入为主，预设价值体系。

赵钢又一头扎进了山西。那已残破的和已荒弃的，那未忘记的和未反光的。

不知他继承了谁的遗志。这些片子面貌如青铜叫魂、白银夺魄。

尤其是他对光线的应用心得和独到的后期处理，还有那小心翼翼屏住呼吸的耐心等待，我在纽约也能窥见。

这个拍过《我的大学》的摄影师曾经是我采访时的视觉搭档，如今，他没那么多焦虑，人文的东西拯救了他。他面对造像会内心狼嚎夜哭，这是必然的。

我希望这个敦厚的汉子蹚出自己的文化苦旅。对于一个不为人知的夜行家而言，他是我们这个时代的猫头鹰，机警而整肃。

东村人民爱养狗。

动物没受过欺负，鸽子、松鼠不会惊恐四散。

东村公园附近都是遛狗的，恨不得人手一狗。

在东村图书馆借到了卡波特的《蒂凡尼的早餐》，美国式的文学开头都不凡，讲作者如何在纽约租一个小房子，梦想成为一个作家。

很好的语言，于是抄了一遍开头。

回到“狗”。“哭”字和“笑”字都和“狗”有关，可见中国人亦爱狗。但也并不妨碍养到最后杀了吃。相杀相爱，中国人亦是恩仇搅和到一块，父子冤家、兄弟互灭并不少见。

如果人类没有猫狗相伴，该多寂寞。人与人的相伴，有应酬之责；狗对人的相追，无背叛之失。故西谚说：不要把一只狗对你的崇拜，当作你了不起的明证。

但文章应翻案来作：如果连一只狗都不理你，那你做人就太失败了。

正是这样的失败中，往往蕴藏着翻转的契机。

那被视作丧家狗的孔丘，一步一步走向历史深处。

猫是温柔的哲学家。总是一副充满灵性的样子。

离开北京前，为怎么“处理”酸奶发愁。去年过生日时，犬子想养一只猫。到了观察动物、和动物交流的年龄——十岁。

微信上问了一圈，洪基伶介绍了一个家长。说是在北三环，一只流浪小猫从公园里窜出，扑到怀里再也不走了。有求生欲望，有聪明劲。但老公死活不让养，忍痛割爱，放在丰台一个宠物店寄养。说好了，着我去取。

宠物店小主是个充满爱心的年轻姑娘，警惕地看我和太太，是否对动物友善。我们对动物毫无经验。除了吃，也放生，没怎么养过。

小主交代，打了猫三联，身上疥疮也快愈合了，不传染，怎样剪趾甲，怎样掏耳朵，吃哪个牌子猫粮。临走时还送了好多用具东西给我们，看得出舍不得。

佛说树下不可三宿，三宿即有业和情，毋宁人猫相处，猫总是善解人意地望着你，在你脚前蹭来绕去，看书时趴到腿上，敲电脑时抢占键盘。

猫总是充满灵性地看着你。

季羡林一辈子爱猫。钱锺书帮猫打架。叶曼则叮嘱，晚年不可养猫，防止业力牵引，临终一念不慎，坠入猫胎。苏东坡说自己坠入人胎是“中间一念失，遭此百年谴”。

小猫到家后，出溜钻到柜子底下。找不见。从抽屉里抱出。胆小如鼠，不愧是我家人。

犬子回来，高兴得不得了。因白猫头上有墨色，像奶牛，犬子说叫它“酸奶”吧。好名字。

此后，酸奶抒解压力，让我们释放了很多多巴胺。

要到美国，酸奶无人接收，大人们嫌多事。犬子发动了同学，争着想养，午后玩耍，人猫无间。可见，成人后，烦恼有多少而放不下。

最后犬子挑了一家养主，母子欢天喜地、感恩戴德接回家供着。离国时男主还创作了两幅字画送别。

酸奶跟在家里一样，挨着人睡，偶尔尿一下床。

它现在被供着养。

犬子很想它。

世界会毁在人工智能手上？想象一下，如果一个太阳能的建筑机器人，程序不关闭，他会一直无意义的掘地盖楼，如果经济成本低到现在汽车数量时，人类的空间会被挤压，机器人大量运行，地球变形，成为垃圾场。机器人也会被培养成拯救人类和毁灭人类的两股力量。但总之，地球能源会加速枯竭、末日荒凉。

阿尔法狗和柯洁的对局，是一个人的意识和由历史上诸多大师的意识叠加的对局。但人的意识也可以是诸多大师意识的叠加，需要多次转世而已，概率很低。古人叹：书到今生读已迟。

一个公平的战局是，阿法狗开放其所有程序设计资料，只有寻得其漏洞，才能战胜他。

因为人类的资料是向阿法狗开放的。

功夫在棋外。

知识的发展，从讲故事到如何讲故事，以及讲如何讲故事的故事，层层外延。

纽约又雨。路上得一语：明修渐教，暗悟顿门。

顿门不可言说发露，否则即落狂禅。昔年五祖对六祖推心置腹，亦在夜半人杳时。西游中菩提老祖密忖悟空，大抵源于此一刊落。

密意发微，人人皆已悟道自许，此顿门之过失。而神秀历来遭贬，实乃又一过错。上人堪接引，立地成佛；中人堪接引，立地修佛；下人堪接引，立地念佛。

上人者，世之稀珍，故不可成教，是为窄门虫洞，只待天机发落。中人者，世之普罗，上下摇摆，道心不固，最是须渐修积累福慧之资。下人者，世之刍狗，只念阿弥陀，可以一当百，超然至上，更不复疑。

昨一发懒，今日手机未充得电，遂有此感慨。精进之难，日日流失向下，前功尽弃。

此世人浑然不觉，而学者伤悲蹉叹。

故得以渐教之力，日拱一卒，方不至于落理事两橛。

至若装闲弄意之徒，空付流水落花，非人之不学，乃学非所人而已。学装闲作意，道貌邈然，而心中空著茫渺，神气未凝，终散沙朽塔，中阴不作主。

苦，苦。

重渐门，藏悟门，可摄顿渐二教。

昔人语“理可顿悟，事须渐修”已言尽，“明修渐教，暗悟顿门”只是头上安头语。

故此一段看过即抹，不容耽著。

偈：

西土安可行

东土安可停

顿渐所极处

二人是一人

推荐王鼎钧《古文观止演义》。《古文观止》本是珠玉，演义又加锦绣而能一字不移。

底子薄不要紧，说明未受污染，可喜可贺。胡适言日拱一卒、功不唐捐。故读书不急不缓、勿忘勿助为宜。虽说精进为要，但不可贪功冒进，得闲适者方养成气度。

就生活而言，国内方便、便宜、成本低，毕竟世界工厂，珍惜国内的生活。就学业而言，纽约最包容多元，各种思潮都有，互相共存，人会宽容。就华人表现和地位而言，尚有很多路要走，中国文化很有魅力。

为什么佛家有随喜没有随悲？随喜对治嫉妒，嗔的一种。面对他人成就，发自内心喜悦恭贺，而不是羡慕嫉妒恨。

佛家一直都在随悲，同体大悲，悲智双运。这个慈悲心一直在，故无须另立随悲。

即便像《潜伏》这样优秀的谍战剧，也难逃一个逻辑的硬伤：潜伏者在敌方阵营智商500，一遇上级领导智商立马缩水成250。呈现出典型的“巨婴症”，面对敌人智勇双全，面对我党弱智低能。这种人格不健全的特征使英雄变得难以理喻、心理残疾。

大多数人一辈子做两件事：拼命去赚钱；再舍钱去换命。

有两种学习：一种是软件（技能和知识）；一种是硬件（心量和智慧）。没有心量智慧，则患得患失，格局小器，也装不下多少技能知识，就已饱和。扩充心量即扩充硬件，提高智慧即提高运行水平。

传统文化侧重对硬件的学习；现代教育侧重对软件的学习。

传统文化是依于“仁”据于“道”游于“艺”，由“道”驭“器”；现代教育是科学客观寻求真理，由“器”入“道”。

“道”太玄，因此传统文化多骗子；“器”易恃，因此现代教育多傻子。

如无时时提撕自省，则是呆子。

自省心识，一日不可闲过。

勿为物累，日日皆应闲过。

人的神经容易喜新厌旧，因此颇对坚持表示崇敬，但又必须麻木才能适应环境。要么追逐变化，标新立异，是为弄潮儿；要么坚持自我，保持风格，是为本真者。神经奖赏这两类人，喜新的，守旧的，而鄙视两头都不靠的人。

我个人对纽约的看法如下：

多种族融合最成功的城市。

黄金时代已经过去了，仍有余温。

留给冒险家的机会不多。

技术人士占主导地位。

民众审美普遍较高。

食物热量太高，不科学。

物质不是丰富，而是耗费。

和人工有关的都贵。

娱乐时尚发达，但生活安静简朴，不受冲击。

中产生活压力大。

富人的天堂，用钱能买到任何服务。

孩子和老人有安全感和幸福感。

医疗认真先进，但贵而且医疗程序过度。

法律程序过度。手续多。律师医生好职业。

没看到愤青。生活从容，追求度假出游美食。

公共设施健全，图书馆、运动场、公园比比皆是。

公共空间、建筑物充满魅力，可以随意进入。

手机常被拨错电话。

老美脑子慢常会出点小错。

喜欢寄信，账单支票都邮寄。

不喜欢突然被打扰。都是预约。

曼哈顿乱糟糟，太吵。

但这仍是一个最适合漫游的城市。

某问：老师，您能帮我解惑一下怎样理解执着和坚持么？佛家说破执着，那他们不也执着于佛学么？我傻傻分不清。

赵答：世界是一个幻象，所以不能执着。但只有这一个幻象可以显现，所以不能虚空。因此必须明白“非空非有”。当我一念“空”时，即落入了“有”。当我一念“有”时，即落入了“执”。当我念念学佛时，不叫执着，叫精进。当你觉察到自己落入我执或法执时，亦是精进。迷为执着，觉为精进。

粗浅式的论艺术文章，在朋友圈比比皆是，皆坠功利之见。故申之：感性素质和理性素质不宜用二元对立划分法，否则已落边见；艺术非与科学对立，否则又落边见；艺术的要素复杂、丰富、多解，不反科学，故不能以简陋和条理划分之，否则又因教条落入边见；我们无法高质量、精微地审美，正是因为连我们教授的头脑也是如此教条式和小儿科的；不要将艺术和功利混为一谈，以艺术为了创意经济、工业发展为逻辑导论，忘了艺术本身就是目的；艺术是生命意识的投射，我们回过头来看陶瓷脸盆、暖水壶、民国课本有感觉，当时也是普通之物。什么时候你对身边的东西不麻木，什么时候你才有艺术的发现力；艺术不是人云亦云，因此，别听他的，也别信我的；艺术是自我觉醒、自我发见、自我完善；艺术是超越维度的幽微意识、超然直上；艺术使高明的艺术家彼此认出对方；艺术是心有所契、拈花一笑。

一个人应该经常想想：假如自己沦为乞丐，还会持续做什么；或是贵为国王，还会持续做什么。只有在一无所有和什么都有的情况下，你仍会从事的事情，才是你的天命。

前次看《美国历史：我们的故事》，十一集。印象最深的，是他们把人吃人也记录下来。

西部拓荒，大雪封山，弹尽粮绝，把人肉编号，避免吃到自己家属。活下来。想起小李子的电影《荒野猎人》。

阿城有一篇小说《炊烟》：老张晚年得囡，最是疼爱。某日玩耍，小囡竖起一手，老张大惊，一把扫去，母女跌地。老张自此大病一场，言饥荒时期，万户烟绝，循肉香而去，某户人家背身指指锅台，揭盖，赫然正是婴掌。

小说戛然而止。

人类的历史，尚缺一部对于食人历史的考证。人食人的底线在哪里？况且，能否在表面的文明化表征下，看到人血馒头的血腥？于此，对于文明，方有刻骨的认知。

长怀悲悯，不昧良知。

今次用张广天写给他母亲看的教材，讲中国史略。由赳太代为向犬子授课。广天此文，颇见功力。详略得当，条分缕析，观见明析，当而无过。中国历史最是有味道，层层累积，岩层富厚，矿宝不尽。若不为考试计，以史穿行，生命意志即获延伸。且读史者，富有他人的经验和坐标感，终生受用。家学比现代教育更重要。

中国思想史有个有趣的现象：先秦诸子，可谓首脑头目；魏晋为颈项；汉唐为胸志；宋明为腰腹；清民一代为四肢，break a leg。

元气汇通，重在腰腹，宋代新儒家是中国思想史的集大成，不可不知。

佛道撞击，产生禅宗；禅儒撞击，产生新儒家。故新儒家是集大成。

理学、心学，至王夫之、曾国藩以降，影响近现代中国学术，蒋毛都学、中日皆修。与西学杂糅并处，且至民国大儒辈出。

因此，研究中国思想，要“两头通、中间明”。

从先秦诸子往下通，从晚清民国往上通。

会师于新儒家，则学问明矣。

四肢百骸，无有不爽。

我十分建议家里备一套《剑桥中国史》。

读起来流畅、严谨、有启发。这个全套译过来也曾经是盛事。

后来的哈佛中国史弱很多，没有超越它。剑桥中国史是集团军作战，哈佛中国史是游击队作战。

如果花三年时间读完，或就自己感兴趣的领域翻阅，受益一定很大。

家长看了，再跟孩子讲，再带孩子看博物馆，可以有门内之见。

中国学问向来不在官学，而在私学与家学。宋之四大书院，皆是私学而为儒家正脉。

家长不上进，孩子是不可能有前途的。

一日不上进，则一日弛废。压腿拉筋时，即有此感。

学问就是人身上那根筋。

我常常哀叹鄂人，独立性强、性烈、不屈服。武昌首义不必说、废名和熊十力抱架不必说、妓女裸体游行不必说——鄂人的艺术，楚楚动人，总是水银泻地、四面突围，不搞出名堂来，誓不罢休，骨子里自带涡轮增压发动机。

我想说的是尚扬先生的老师杨立光先生，这样一块鄂中艺术的“赤壁”，在民国时期是“中流”，在共和国时期是“砥柱”，“德艺双馨”要想不滥用，赠予他是恰当的。没有他的存在，鄂中艺术的版图恐怕只能是个飞白；没有他的精神指引，在艺道与师道之间的这条草蛇灰线，也产生不了今天的尚扬。况且，杨先生一辈子都是用作品堵别人嘴的人。

外表谦和、内心刚烈的鄂人，总是有玉石俱焚的决心。这一点，在纪念杨立光先生诞辰 100 周年的今天，是尤要指出来的：我们可以打碎一个旧世界，当然也可以开创一个新天地。

下雨天。

有人担心出门。

有人想雨中风景。

而德国人则说：没有不合适的天气，只有不合适的装备。

不同的理念，导致不同的人生。

故中国人说，不必为明日发愁，明日自有明日的法子。

但中国人又说，勿临渊而结网，宜未雨而绸缪。

中国人说：人无远虑，必有近忧。

又说：今朝有酒今朝醉，枝上有花堪须折。

话语是药，对治诸病。

胆小者，则以历事治之。

器狭者，则以洒脱对之。

放逸者，则以收敛对之。

盲动者，则以省察对之。

读书变化气质，即在使人心胸开阔、器量格局扩充。不囿于一事而思虑过甚也。

也就是现在心理学家所言：为什么忙碌、缺少时间、不富有，是因为琐事过多，大脑对战略的“带宽”不够。

因此时时保持带宽很重要。

最重要的，如有一事一物，使内心不得自由，既成缚病。则需以念解念，否则即成执念。

社会的运行，本质是无政府状态的。一有插手，即成“负运行”。可见，没有监督的政府，必然走向毁灭同类，然后自毁。此即掘坑自埋。

何为人生？大问题。大智慧。非空泛可一语带过。何为天命？何为朝闻夕死？何为偏性？何为习气？为何道德只可自律，功利则可推广？何为性命之性？读书何为？世人所病，非遇痛处，不觅其症。不痛即忘，故阳明曰“持志如心痛”。

目下诸多网文夸大阶层对教育的影响，人为制造一种浮躁的气氛。

生命的本质究其实不是走向阶层上升通道。这是外在的、形式上的追求。教育的本质也不是让人进入精英阶层，这是浮浅的、不动脑筋的附会。

状元有很多个，你能记住的、对社会作出贡献的有几个呢？贵族中产也有很多个，在历史上留下痕迹的，又有几个呢？

假如所有逻辑建立在现世功名上，建立在让别人艳羡上，这样的人，不过是虚弱的。

贝多芬见公爵而不拜："公爵有很多个，贝多芬只有一个。"

因为他有自己的文化自信。一个建立起文化自信的人，其人格的力量也强大起来，不再受外在之惑，不再五蕴内炽。

因此，教育的本质是建立起文化自信。生命的本质是人格完善。舍此，皆是舍本求末。阶层动力学因此可笑。

读书要做通窍功夫。窍通，则每有灵机之论，不落俗语。不昏沉即窍通。时人世事漶漫，五蕴内炽，狗苟蝇营，无往不在昏沉中。故读书对治昏沉一病。

《道德经》有十二处提到“无为”。庄子又以“无用”加以解释。但一般人对“无为”和“无用”的理解仍失之“用度”，将之作为处世法则。

“无用”即“体”，“无为”即“性”。“性”“体”长存，故无多虑。无用、无为是境界，达不到那个境界，谈无用、无为皆是伪学。

因此，无用、无为指示的是修行法门，而非处世智慧。

由于你所经历的现象世界是心识的变现和投影，所以在幻象中去寻求改善只是梦幻泡影般的弄影逐幻，而根本的任务是省察自己的心念，如果将之维系在如如不动的状态，则离无用、无为不远了。

治病者葯，求长生者藥。如今统称药。道家将万事万物看成药。以饭为药，对治饥饿；以睡为药，对治困乏；以身体为药，对治娄；以财为药，对治贪；以智慧为药，对治有漏；以言志为药，对治

庸碌。

凡为药者，皆有毒性。故当随份应量，不可多服。任它弱水三千，取一瓢而饮，即服药心态。

蘖者，神仙草，制幻剂。等同于大麻、吗啡肽。身体内有大蘖，无须借助外物。

胡兰成言“天下风云吾且忍”，今有所悟。即金刚经“降伏其心”义。即毓鋆所守“潜龙勿用”爻。潜龙勿用即全在体中。全体不用即全体大用。全用即体，全体即用。

哲学是思想的流毒。一过激则死伤无数、效仿无数。不及则显得保守，指导不了社会现状。哲学既可救世、毁世，也可逃世。

家有真宝者，须密不示人，以防嫉害。才华如是，得法如是。四处炫耀者非真有才识学问。昔年五祖传法六祖，六祖隐于猎队避祸。今有虚云传法法云，法云亦密不示人，避劫纽约，示寂时烧出舍利一千余颗。

《书读完了》。书是可以读完的。书不读到，不知你之所想，前人早已列明答案。故读书是最捷径事。感谢金克木，申明书是可以读完的。

书要读到、读通，写作是末技，研究是余事。大纽约虽可看之处甚多，亦不敢过于放逸。

打坐是个很好的办法。可以增加专注力，化解屏幕影响。不时地

刷屏对人的影响的确是灾难性的。以前是电视，现在是网络。它使你永远在舒适区。成为不了 20%。

掌握“体系”的人控制着那些成为“碎片”的人。这便是我们这个世界的真实面貌。

我不认为教育可以把一个人教好，教育只是能教人不要变坏，就很好了。要好得靠自己的良知。

假如不精通一门语言，你的思路是表达不出来的，甚至思路是混乱的，没有得到整理。你会倾向于用已有的熟词代替自己的想法，尽管你知道那不准确。语言非只是语言，语言是进入未知的途径。

现在回想起来，我们的学校可以说什么也没有教给我们。我们所做的就是阅读那些提出有关人类境况的严肃问题的书籍，促使我们也去提出自己的严肃问题。教育从这种意义上来讲，并不是一个“教”的过程，也没有什么固定的课程。教育是一种思考的训练。

仁民爱物者，即是布衣卿相。故孟子谓享天爵。

初觉有味，既而无味是鸡汤；初觉有味，既而至味是义理。

文章难作。难在沉浸到一个境界中。这个境界要高于一般人的意识，才有启发。如果没有沉浸，仍在情绪或杂念中，读者能读出毛病。如果时时都在正念中，固然最好。但常常是做不到的。因此要花很长时间让自己进入意识深层，再动笔。

追求学问是一个人的最高准则。追求学问即追求智慧。智慧不在别处，在对知识的理解与运用中。因此，越是无用的冷僻的知识，越具有稀缺性，越能够使人沉静下来。沉静下来即智慧。我对知识人的忠告是远离一切喧嚷之处。“幽僻处可有人行”“独与天地相往来”即获此意。

北人豪率而失之粗疏，南人细致而失之小气。北人南相、南人北相者，则能守于中道，故多有成。或南北异地而居，亦能使性情平衡，成于一世也。

书法中要有锐角，以显奇崛之象。又要有重心，以能守正。书法尽在“守正出奇”四字。故书法即兵法。

只有当新闻热点出现时你不去追逐它，才会在它消失时不会忘却它。

应该来讲，我接触过不少行业里的顶尖人物，他们有个共同的特质是无法模仿和复制的，即内心拥有澎湃不竭的驱动力。我想这种驱动力是无法学习的，相反它可以学习更深入和专注的事物，尝试新的做法，或是去冒险。以此看来，没有内心驱动力的人，多少都是投机，只是程度深浅而已。因此，伟大是无法复制的。当然，你可以通过刻意练习变得很优秀，但你始终无法成为最顶尖的人物。扪心自问，什么是你的内心驱动力呢？

重要的不是你在哪儿读书，而是你读了哪些书。

安身是术，立命为学。安身立命，是为学术。

为天地立心，是学。为生民立命，是术。

为往圣继绝学，是学。为万世开太平，是术。

身命一体，故学术不可分裂。论学辨术，只是方便研判故。

友问，中国几千年来文化未断，最重要的原因是什么。答：好死不如赖活。友大笑。正色答：翻译成术语，生命价值高于一切。

人最终会回到书斋，书斋即心斋。无论怎样远取诸物，都是绕弯路而已。

世上只有两种人，不在学中即在用中。潜龙勿用，即学；飞龙在天，即用。

学问既在学，亦在养。学好理解，好学而已。养难知会，如鱼在渊、如鸟投林，皆是自然之事，不起半点造作。故学易养难，涵泳之乐，优游之事，必以无目的为目的。

何为执着？得失之心起，即是执着。若无得失，即无执着。故无执非放弃，而是直心是道场，且一心去做，休论得失。只问耕耘不问收获谓也，此智勇皆俱、肝胆相照、誓当精进也。无执非不为，而是为所欲当为，虽千万人吾往矣，无执即一往无前。无执即践志，得失患除，思虑病拔，得登三摩地，方可言遇魔灭魔、见佛杀佛，便知佛不我欺，便可戏灯弄影。

王阳明在赴龙场途中遭一路追杀，危难之际梦谒亚圣孟子，亲授其良知之学。

试释：所谓梦谒，思极而动，念熟而应。即心是圣，非关孔孟。

孔梦周公，周公梦谁？庄周梦蝶，蝶亦是圣？一心念佛，佛生前念谁？如此话头，紧弦重锤，如狗叨热包，吃不得、退不甘。忽一下光影顿息、妄念立歇，至此才有个悟入处。

西哲亦如此说：『在人生的舞台上，你既是演员也是观众。』人生是既真亦假的游戏。要随时入戏，也要随时能从戏中游离出来。

这个世界坏了吗？

“这个世界会好吗”是漱溟先生的“源符码”，见其晚年口述。此命题根植其精神世界多年，源于他父亲梁济先生在他27岁时离家出走，喃喃自语并问他：“世界会好吗？”三天后投湖自尽。时1918年，公梁济60岁。他有感第一次世界大战灾难深重，外患内忧，愤而辞世。11月7日辞世，不满头七，11日德国即在法国签定停战协议，第一次世界大战宣告结束。可谓告慰梁公英灵。

那个时段，国中亦是民国之乱局。1915年，袁世凯复辟称帝。1916年，黎元洪、段祺瑞执政，仍是军阀割据；1917年，又冒出张勋拥溥仪复辟未果；1918年，因护法运动，湖南大仗，南方各派拥兵自重，北方政客弄权勾连。正是在这样的否极泰未来的局面下，梁公做出以身殉国的决定。

梁漱溟先生在其《我的自学小史》中，讲述其父类同于杜威的“实用主义哲学”，读书乃经世济用之门庭。梁父同友人合伙出资办开明报纸，鼓吹社会进步。梁漱溟幼时犯错误时，其父也不批评，只是写纸条逗引他，认识到其错误。后梁漱溟追求人生之真谛，以“践行”的方式，将人生、学问、实践打成一片，成一代大儒。

看梁氏父子，顿觉世界之性理是长存的，何曾坏过。世界大抵可分两类：一类是现象世界，也就是我们宣称的物质世界，或曰客观世界；一类是本体世界，也就是形而上的世界，或曰本质世界。如研究世界万象的《易经》，总结出看世界的三种法子：变易、不易、简易。现象世界，千变万化，流布多端，世事无常，是为“变易”；本体世界，喜怒哀乐未发之中，亘古不变之规律，性体长存，是为“不易”；将本体世界和现象世界打通，体用一境，心物一元，总结出其规律，简化其原理，是为“简易”。

因此，对于现象世界而言，世界或有变好、变坏之分；但对于本体世界而言，世界哪里有好坏的分别呢。《道德经》多次强调其世界观，如“圣人出，有大伪”“国将丧，出忠良”。可见天道流行之一体两面。世界坏，才反衬梁氏父子之高洁，而他们亦是世界的一部分，他们的圣性长存，怎能说世界就坏了。因之，世界本体上是无好无坏的。故《道德经》言：“美之为美，斯恶矣。”美和丑也是辩证一体的。塞翁失马的福祸相倚关系，亦是如此。佛家言“空”，多数人只看到空的一面，忘了其有无相生、空色一体的关系。佛家有言“真空生妙有”。亦言：“色（现象世界）即是空（本体世界）”“空（本体世界）即是色（现象世界）”。若只看现象世界，担心其坏，未看到本体世界，正是它所能发展、呈现出来的最好的样子。

这近一百年过去，梁济公投湖的积水潭那里，变化就巨大。二环和地铁都修起来了，四合院街区消失的速度很快，取而代之的是各种水泥灰楼。再慢慢地，水系也脏乱差了。外地人来谋生，猛然增多了不晓得多少倍。放眼望去，鸽子不见了，太阳不见了，华北的雾霾悬浮在空气中，使目力和呼吸都受到损伤。

但这一切是本应承担的“因果”。人数增多，是因为当时的人口政策，目下必然要承受这一苦果；因为人多，资源少，必然导致水系变脏，楼房拥挤；由于教育资源也少，人口素质必然不高，环境污染、破坏性发展比比皆是，加之物欲成风，环境的恶化是理所当然的。

这样子的苦果，是必须坦然承受的。抱怨毫无作用。所谓“菩萨畏因，凡人畏果”，早知如今，何必当初。大自然的法则，也就是一个本体世界是不管好与坏的,她只在运行的规律下发生作用:种瓜得瓜，种豆得豆。没有“无本之木，无源之水”。

有人打仗,就有人爱好和平。有人乐善好施,就有人多吃多占。《黄帝内经》讲“各从其欲，皆得所愿”。你在哪里花工夫，就在哪里得到报偿——使恶者更恶，善者更善。

庸人也有其中庸之道，普通人的性格中大概善恶为一半一半。也常常自怜于其纠结，在良善与纵欲之间，徘徊生姿，产生痛苦的文学。我们常常看不起“中庸”，但“中庸”合乎本体世界。所谓“极高明而道中庸”。中庸即“度”“分寸”，做得准确而恰当不容易。中庸之上还有个“极高明”，非“极高明”的中庸，不成其为中庸。孔子言“随心所欲”，可看成“极高明”，孔子言“不逾矩”，可看作“道中庸”。

如果我们不着手改变，现状会依然烂下去——那说明，是你想让它依然烂下去。一旦你意识到不能让它烂下去，便会着手改变。

这就是王阳明所讲的“知行合一”。“知是一之始，行是一之末”。“知而不行非真知”“行而不知非真行”。熬夜是慢性自杀，许多人这样说，但并非真的放弃熬夜，说明其并未真的认识到熬夜是慢性自杀。只有当他中年衰老的开始，体会到熬不动夜了，才算是真的认识到这一点，自然也就不去熬夜了。

现实就像在熬一个漫漫长夜。只有到熬不动的那一天，全体人的认识才会“知行合一”，从而发生一个显见的变局。如今，有的人选择睡去，有的人仍在失眠，有的人靠闲谈打发时间，有的人陷入忧郁，有的人躁动不安，似乎有铁屋子，但那是假想的。就像世界是好是坏，你想它是好，它便展现好的一面，你想它是坏的，它也就坏给你看。

因之，不要陷入假想的忧郁，导致损失青春。不若奋发向上：坐牢，也可以像圣徒一样面壁，体悟心性；守夜，也可以无须知音，趁无需发散耗用时，完善自我。有人刀架脖子上的那一刻，也可以如悟道的和尚所言：“将头临白刃，犹似斩春风。”这何其伟哉，又何其美哉，哪里有雾霾的苦恼呢，哪里能看见愁苦凄容呢。一切如“乾”卦之卦象，“元亨利贞”，正大刚健。

我偏居京城一隅，倒未见得世界有多么糟糕。吃的虽说不甚安全，火锅里放蜡，素菜上有农药，荤菜中有激素和抗生素，倒也坦然吃下去，毫无怨恨地吃下去——若心理再失衡，便是双重损害。“接纳”和“承受”是一种能力，这种细微末节的苦难，当然也是要承受的，不仅承受，而且欣然接纳，所谓我不下地狱谁下地狱，万万不能理解成“我不干坏事谁干坏事”，恰恰是“坏事摊上我了就摊上我了”的明白。这是此一时空的“共业难逃”。便别想着逃的事。吃有毒的草与有害的肉罢，也照样可以酿出醉态与蜜来。

一开始，我非这样着想的。也是带着怨恨的情绪，而且着急，看世事皆不平荡，颇有些急公好义的状态，偏偏只是失心疯的发作——一颗心不在自家腔子里。因为已经“心随物转”了。见着不平，自己滋生不满。于是不愉快的损害，反倒先是自家的病症。后勉力施治，反求诸己，从自己开始，坚决不随波逐流，不随广大流俗，而改变初心。不是说非得自己做一介好人，而是好与坏，本就是不同立场上的判定。吃了下了药的食物，也可以早点清还“业障”。也是忏悔的一种方式。每吃一口饭，都是忏悔——而且那滋味还不太差，偏偏是地沟油与混合着不明物体的食材，撩人的味觉。

梁漱溟就讲:“吃饭好好吃，睡觉好好睡，走路好好走，说话好好说，如此之谓‘敬’。敬则不苟偷，不放肆。敬则心在腔子里。敬则不逐物，亦不遗物。由敬而慎，以入于独……逐物则失心，遗物同一失心。只是即物见心，心却不随物转。”

说得多好，怕是当今人都是“失心疯”发作，一颗心永远在追驰外物，如同蒙眼驴头前挂一块饲料，便不停地推磨，又如佛家形容“刀口舔蜜”，不顾自家安危了。

但并不由此便意味着世界坏了，因为这本是个缺憾世界。娑婆世界中，人性的消长总在那一半一半之间。你多吃一口，他人便少吃一口。你心藏大恶，他人便止于至善。你开着宴会，非洲就在饿死人。你点着长明灯，煤矿便在塌方。所谓此消彼长，看不见的因果链，轮转的世界是逃不脱的。

吃的当然有问题。吃的说完了，还有住的。刚进京时，我发誓，偌大的北京城，就不信没我一处房子，没我一处立足之地。2004年，还是因房价的关系，被灰头土脸地排挤到五环之外，蛰居通州，离六环两公里。倒也换回了现世的安稳，那时房价尚未离谱。比别人少奋斗许多年，可以优游从容地埋首书斋，不必为砖瓦费折腰。如今才敢斗胆说“明日炊中有剩米，但作今日书前人”。没有房子的话，借我个胆子，也不敢这样说的。料不得是振衣发奋，扑腾到京城的腌臜地界，淘取、勾兑、套现各种情谊和人际关系。

但这只是个游戏，虽然困局，亦是游戏的一种。被关到这样一个局面下，各种局限性制约着你，怎样打开局面，向好的方向发生？儒家开出的药方是“心不随物转”，佛家也讲“心能转境”。二者都强调“不诚无物、至诚如神”“心诚则灵”。听起来似乎都是安慰人的话语，但一旦对事物有达观的彻悟，便知此言非虚。

这个世界好和坏，只是游戏的界面不一样，并不是真的好，也不是真的坏，只是架构在这样一个时空中，需要你去“天行健，人亦行健”。人行健时，老天也来帮你。人行坏时，老天也会来帮你坏下去。总之，老天站在你这一边。这个世界的游戏规则，制定者虽然不是你，但却以你为主导，你怎么玩，世界便展现出什么样子——一副无辜地配合你的样子，实则天心如鉴。

还有好多八〇后、九〇后，变“宅”，变得奋斗不止——据说很多好事他们都没赶上，一一错过。可见，他们的游戏界面与我们这些七〇后的，又不大一样，似乎是在同一视域，但各自开拓领域的方式，又有不同。人真是命定的艰辛与可笑呵。八〇后出生，计划生育了；八〇后上完小学，小学不收费了，八〇后考上大学，大学扩招了；八〇后大学毕业，不包分配了；八〇后找工作，单位只招有工作经验的了。如此狼狈不堪。装备不够、机遇不好，只有一腔满血，这个游戏玩不玩？——玩不玩还都得进行下去。

关键是态度，我常常说的一句话是：“别当真，要逼真。”别以为人生是真的，但做起来要逼真。西哲亦如此说：“在人生的舞台上，你既是演员也是观众。”人生是既真亦假的游戏。要随时入戏，也要随时能从戏中游离出来。否则，老来一伸腿，一命呜呼，便身不由己。有时不及老来，游戏中无常随时发生，那看不见的因果发生作用，年纪轻轻便毙命的事，也不在少数。

八〇后的“住”，比七〇后还成问题。不得不频繁跳槽，用学识、才华、手艺换取安身立命之所。为了一套房子，背负起谋生的重任，实乃当下之一大写照。所谓“三座大山”：医疗、住房、教育。中国人把这三件事料理明白了，人生便也走到头了。所以，有人说，中国人一出生，就是个负数，等到清零了，谁都不欠了，便也是人生的终点。

住所掏空了中国人的身子、积蓄。谋生之艰难，不亚于战乱时期尚有血性的赌命一搏。实境如此，难堪得要命。多少人的心气儿、精气神便堵塞如此，成为病人。

亦有爽朗者，不拿这些当回事，潇洒地工作，潇洒地辞职，去大理，去西藏，过另一种半云游的人生，不在城市世故中打滚，亦非逃避，只是扬长而去，不理会这些俗世的安排。

可见，游戏真是有很多玩法。看你一头陷到哪里，你就在哪里开出花来，结出果来。有的是甜瓜，有的是苦果。

但更重要的是心性的建设。先练就“心不随物转”的定力功夫，物和境不能夺其心、夺其志。练就这等功夫后，方能做到“以心转物”“以心转境”，从而让各种大环境、小气候发生良性的变化。

否则，人一昏瘴，就为物境所迷，便有万劫不复之虞；或为时代所裹挟，上了那趟“欲望号”高铁，便再也停不下来脚步，踉踉跄跄随众前行，最终也是糊涂蛋，并未见得内心有光明喜悦。

世界一如其本然的样子，只是人心、人性受蒙蔽，才每况愈下，一路走低，道德的底线愈发不见底，潜规则沦为没规则。更加沉潜地观察，则是读书种子未断，大道未灭，也是一个圣贤要出的时代，匡正之举，迟早之事。

一个“住”字，几将中国人的精神气节打回原形。尊严、人格，种种为人的基本面，荡然不存。谁学得了颜回？居陋巷、喝凉水、用胳膊作枕而自得其乐？所以，大多数中国人，只能屈于富贱而难能贫贵。

物持世界，形色惑人。要想“不受惑”，万难。今人所遭遇之时代，形色怡人，也害人。抱朴如初，成为一种“没本事”的人格象征。

有没有地方住，当然很重要。但住得大与小，则不是那么重要了。对于书生而言，能放下一张书桌足矣。对于大部分职员来讲，有一台电脑，即可解决生活、工作和娱乐的问题——真正面临的问题是：我们没有把自我完善当作人生的主要工作，而把谋生当作人生的主要工作。这便是本质的不同。也是大多数人舍本求末的态度。以这个态度而论，世界好与坏，真的没那么重要。哀叹几声命运不济，一辈子就晃过去了。

教育和医疗，则为现世之大事。犬子入幼儿园，公立进不去，在旁边一个小区的私人幼儿园读了一年，随我回老家，便休学了半年，此后又转了一个贵一点的幼儿园——他未觉得有什么区别。孩子的天性，不是成人所掺杂利益的眼光能局限的。上小学，一开始也担心怎么个上法。后来由着去，划片划在哪里上哪里，未再为此瞎操心，倒也上得蛮好，一个普通的公立镇小。每日间送他准时去上学，一副兴冲冲的模样，怕迟到，怕老师说。作业不多，也不少。培养其定时习惯，吃饭时吃饭，睡觉时睡觉，写作业时写作业，看电视时看电视，每天也忙忙碌碌。世界一下子远了，好与不好，在与不在，殊无实感。

人种的接续，也是“安身立命”四字间，要完成的事。这是基因的传递，也是易经“生生不息”的一个号召。自动延续生命，便是燃灯者的火种不熄，至于盼其能接续圣贤之路，则是贪心作念，大可打消。但在某一代因得种因与外力的交相作用，心性磨砺而终达明心见性，得悟天人之际的机缘，那也是小子自己的福分。

一旦无人我之分，后代便也没那么重要，丁克也行，寂灭与空性常在。总之，子肖、子不肖、无子都是大自然的常理，也没有截然的好坏之分。只看上天的选择，还有自我的兴致。

兴致一来，便是满目的苍翠可人。一切都能“看出好来”。风雅者爱用“日日是好日”的句语，简单、轮转的日子，怎么天天都有好心情呢？这实在是需要一种人格的锻炼、思维的锻炼。天天健身者，也需天天健脑，每日学会“转念”，将不悦的念头转为良性的念头，这也是一种“精神体操”。

但愚人多“自寻烦恼”。首先一条是“为明天而忧虑”。西谚说明天自有明天要忧虑的事，不要为明天忧虑。外境可夺，心境不可夺。若心境为人、为事夺去，则方寸大乱，人也顿然成无头苍蝇，只盯着眼前的芝麻绿豆事，卡在那里过不去。

鲁迅的“阿 Q 精神”“精神胜利法”，若去掉其所批判的成分，委实也能成为一剂良药。“麻木”“麻醉”是断然不好的，但在清醒、自主状态下的些许“精神胜利”“自得”却是人和乐共济、与天地人湛然一处的精神操存。

西方社会学家鲍曼说：“我们被围困在地球上，我们无处可逃。”不必去找诺亚方舟，整个地球就是一个诺亚方舟，整个宇宙就是洪荒一片。汪洋中的一叶小舟，就是地球的孤独、飘零状态。这是缩小看。若是放大看，人和人那是针锋相对着攀比，羡慕嫉妒恨、贪嗔痴慢疑，日日在发作。那萨特说“他人是地狱”，一点不错，谁又能完全懂得了你呢。你的妈妈、你的知己，也不能。

所以，放大看一看，缩小看一看，人的心量随着放大和缩小，也变得平和起来了。进入庸常生活中，不要随时就遗忘了这份平和。

人的心，要修习得“柔软”。不要去当“强梁之徒”。老子说“强梁者，不得其死”，已是提了足够的醒。阳刚太过、暴力太猛，都会导致提前结束。“暴雨不终朝”也是这个道理。换在金融上，你一辈子很有积蓄，但经不起花得快。“眼看他起高楼，眼看他宴宾客，眼看他楼塌了。”戏文中说的就是“强梁”之事。

你看毛笔的柔软，愈是羊毫那般的柔弱，愈是能写正大刚健的字。柔中有锋，锋中有骨。所以，柔中之刚，是真刚。刚中之柔，也是真柔，因其太柔，故易断裂。刚者，要训练其柔性；而柔者，要练习其刚性。如此这般，方使得“偏性”回到“中和之性”。以此乐天知命。

白居易有妙诗《闻庾七左降因咏所怀》云：“人生大块间，如鸿毛在风。或飘青云上，或落泥涂中。衮服相天下，傥来非我通。布衣委草莽，偶去非吾穷。外物不可必，中怀须自空。无令怏怏气，留滞在心胸。”

人生的烦恼，世界的缺憾，在诗人的自有境界和自为天地中，一一化作“鸿毛大风”，“外物不可必，中怀须自空”，持虚而守静，日心说和地心说都过时了，此刻的人心，就是宇宙的中心。那是一个由无到有，由无极而

西方社会学家鲍曼说：
「我们被围困在地球上，
我们无处可逃。」
不必去找诺亚方舟，
整个地球就是一个诺亚方舟，
整个宇宙就是洪荒一片。

太极的的“奇点”。这个点是无形无神的，巍然不动的。主心主骨，山崩地裂，也巍然不动。

当今人的可怜，在我看来是缺少闲暇。因此也缺这一份“积精全神”的气慨。日日间在奔走耗散，缺觉者多、疲惫者多，而以逸待劳者少。生活中多么缺少这份“逸气”呵，逸者拥有闲暇，只有闲暇，才能现出自然生长的状态，不为人工所干预。也只有闲暇，生命才现出本然之姿，其智力和好恶，也全然展现。不造作，不走作。我们拥有的闲暇太少，以至于成为机器一样的人。只算计功利，在乎效率，而忽视本性和天趣。

现代人的“事功”，使大自然的“熵增”到了无以复加的地步，除了增加效率和物资之外，也使得环境的破坏相当可怕，反过来，又要修补环境，还有人的生理和心理的损伤。

但不能藉此生出“这个世界坏了”的悲凉和恨意。“世界”来自于“世界观”。王朔说：“世界起源于上帝的一个浮想。”此语大有道理，大可参话头。我们活在梦中，太过于“逼真”，所以以假当真。且也可以真对之，但它的确是个“浮想”。把生活当

“梦”，当“游戏”来看，人会比较超脱而自然，你可以描画好这个梦，认真地玩游戏。也可以因忿怒而去行一个恶梦，或者反复地揪住某个关节不放，想把游戏玩“爆”。

即便在愁云惨淡、暗无天日的阴霾天气里，也可以观想胸中一轮红日，胸中山水田园、亭阁楼台、烟柳舟棹、古道瘦驴、僧俗市井，无不清明至极，无不生机盎然。这份心境是敌人夺不走的，假如有敌人的话。最好是连敌人也没有。当心中装着万有时，事物都唇齿相依，互相联系倚靠生存，全然就没有了敌我，没有了对立面，没有了冲突。生命和大自然是一幕互相假借而搭建起来的胜景，福祸互倚、善恶相依、美丑共存。每一个因素与另一个因素因为“缘故”而组织起来，化为这个世界。

人道只是世界很短暂的一段旅程。太阳的热量也会有燃尽的一天。只是不必杞人忧天，饭要一口一口地吃，日子也要一天一天地过。怎么不辜负生命的和美，来世间走这一趟，绝不是为了跟谁过不去。

又想起朱光潜引用西谚说：“慢慢走啊，看风景。”

外篇

论知识分子

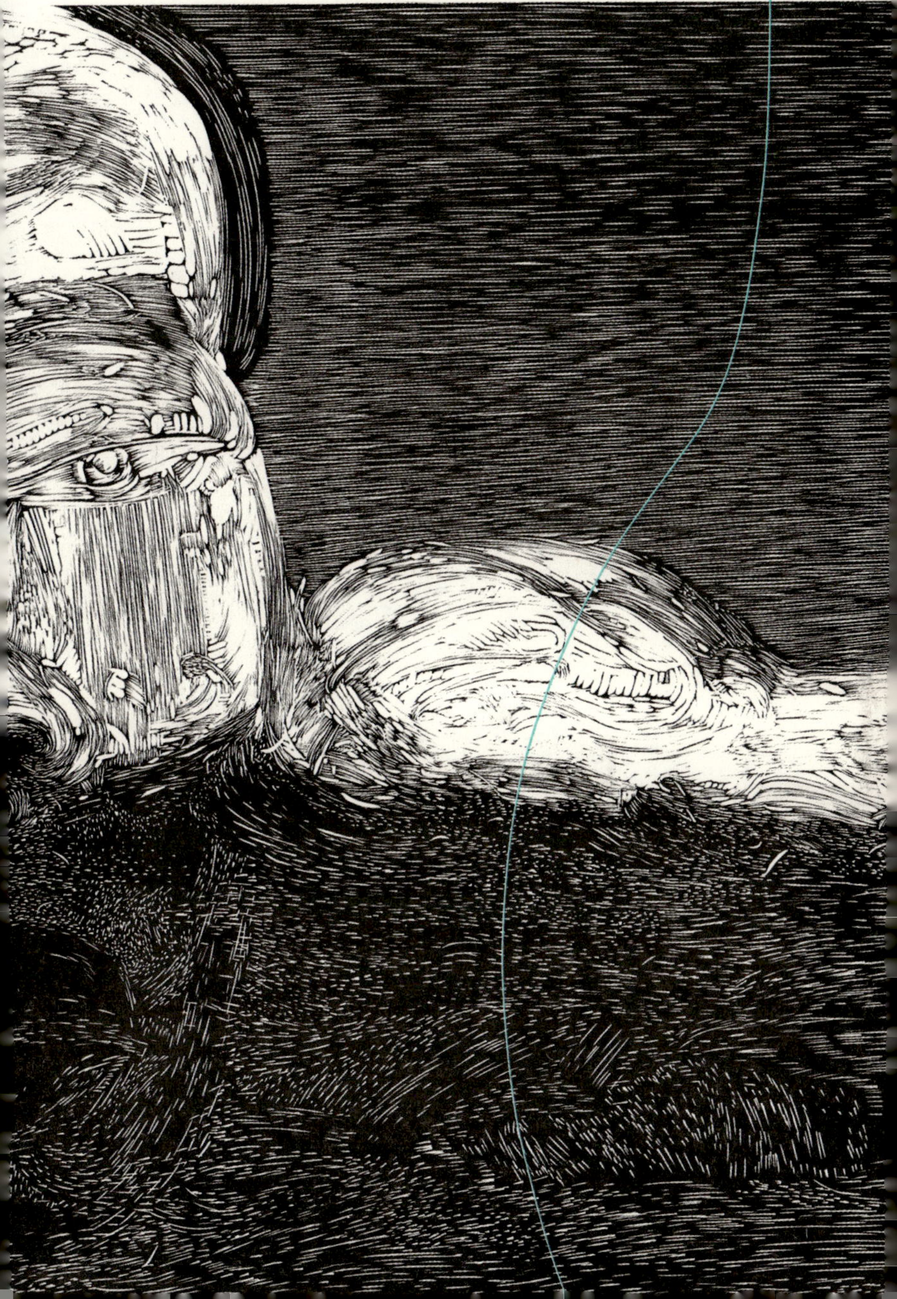

首先，知识分子应该探索真理。知识分子不得不将“书斋”和“实验室”移位至某种现场。圣人言“颠沛必如是，造次必如是”。

这使得知识分子发展出了一门“批判学”。这门学问是为了“公共利益”。也就是说“反者，道之动也”。“批判学”或曰“反学”，其“话头”始终指向“强势群体”。因为强势群体易于产生“马太效应”。“他有的，必给予他更多”。老子言“人之道，损不足而奉有余”。而天之道呢，则要“补不足而损有余”。“批判学”即“损补”之学。也就是传统而言的“替天行道”，为弱势群体立言。

然而这中间需要细分：一是对于“真理”或“道”的“可靠性把握”——你认为的真理可靠吗？也许它是遮蔽的手段，更或是蒙蔽的武器。再浅显一点而言，它可能是以偏概全的，也就是“局部真理”。如同“白马非马”一样，局部真理不是真理。它始终面临着这样那样的危险。因此这不得不促使知识分子保持不间断地反思：如果谁要登上神坛，那么就应该把它的幻像打碎；如果自我登上神坛，那么完全有必要自我粉碎。“神坛”意味着幻想花园，意味着一个麻醉品，它更多的是致幻功能。它无可救药地扮演着“自我欺骗”和接下来的“真诚欺骗他人”的工具。这样一来，保持头脑清醒和自觉意识，是一种在危险边缘喃喃自语的自我救赎，貌似在向大众发言，实质上是内心独白，是一种当“真理被挪用”的危机意识。只有平素喊“狼来了”的那个人，才会第一个发现狼真的来了。尽管此时众声喧哗、众人麻木，甚而会愤怒地指责知识分子“召唤”了恶狼的前来，并因此而受到火刑或腐刑的诅咒。

知识分子佐身于欺世大盗、丛林冒险者和盲流之间，他手无长物、他私心和自恋情结严重、他懂得冒犯之美、他奏出一个不合时宜的可笑的音符、他面对迷宫没有走出智性小径，而是因为充当看门狗惨遭驱赶，惶惶如丧家之犬。

而知识分子必须警惕自己变成“权威者”，知识的权威或德性的权威。在决策上的差之毫厘，经过层层振荡和放大，在执行层面就会变得失之千里，“箭矢在飞行 / 而目标远大充满阴影”，我必得用诗人的口吻这样忠告。

需要细分的另一个则是：强势和弱势是在变化和转换的。因此知识分子对于“立场”要不断地调整。如果终身坚持一种“立场”，或许会酿成苦果。除非这个立场是“始终站在弱势的这一方并且洞明弱势的转换”。当罪大恶极之人被绳之以法的时候，其生命权就成为弱势的，此时，不宜站在群众的一边；当“911”发生，美国就成为弱势的一方；而当某个士兵误杀了平民，则双方都是弱势的；即便他准确地结束了一个恐怖分子的生命，双方仍都是弱势的——此时，强势的士兵并不认为自己弱势，但他仍是弱势的。这是知识分子的使命，当知识分子仅只拥有微弱的声音时，他仍然是强势的，因为他明晰地洞察到整个生态的肌理。如果继承麦克卢汉的“冷媒介”和“热媒介”理论并想有所创新的话，知识分子应该说，我们有必要用一种“冷媒介去介入热媒介”。

但是知识分子在现世或当下又的确是弱势的，当他沉默时，他便成了弱势的。“沉默的螺旋”或“沉默的大多数”，有时不是甘居弱位而或“犬儒”或甘地倡导的“消极抵抗”，甘居弱位意味着“心理强势”，这是一种“引而不发”的状态。知识分子必须明了，消极沉沦和自暴自弃，与“养晦之学”有着重大区别。因此，对于洞悉某种“天机”的知识分子而言，发言和不拟发言都是强势的，只不过沉默时是被自我包装下的“伪装的弱势”。

知识分子拥有“知识资本”或“智力资本”，何曾真的弱势过。一个人格强健的人不可能弱势，他的尊严在召唤他并且唤起他的内心驱动力。然而我们很少见到这样的人，换句话说，即便见到也不会承认，因为这实在是个荒诞的笑话。

文艺复兴开创了现代性，现代性知识分子以“人文精神”拿回了话语权。从中世纪的教皇那里拿过来了许多权利：身体的属性、自由的属性和权力的属性。“上帝已死”不过是“遇佛杀佛”。这时，“人文精神”变成强势的，难道它不应该被批判吗？当你拥有自由时如何使用自由,自由的边界有遭到滥用吗？为什么“自由”和“特权”会互相歧视？

知识分子不得不浪费很多时间来进行口舌之争，这是一场无妄之灾。相信真理可以辩明、真理不可辩明及真理是不辩自明的三者之间，就可以无休止地讨论下去。事实上他们摸到了大象的头部、腹部和尾部，他们从不同的“法门”进入，如果得到“受用”的话，都可以无限接近真理本身。

然而这样三股力量互相缠斗的话，拥众盛集，彼此攻讦轧诈，于是又演变成为宗教或政治的血腥。这种可能性说明人类的心智远远不及成熟，就迫不及待地要干掉异见者，“弑兄”在历史上是更为可怕的事故。

这种可能性还在于：信仰无处不在。简单而言是信念。当你反对信仰时，“反对信仰”即是你的信仰。每个人的“出厂设置”，受其经验、知识和文化浸泡的影响，终而形成自己的思维模式和心理定式，一旦成熟，则拥有自信；然而与此同时，“自信”具有“排他信”。异见者的信念，是难以进入自我的操作系统的，无伤大雅的软件可以，而硬件的改写则会使系统死机和溃崩。“心灵的开放”意味着你必拥有更高的“兼容性”。知识分子的终身学习，既需要软件的更新，也需要硬件的扩容和升级——后者更为重要，它是“集义之学”或“心灵之学”的范畴。

知识分子很难真的意识到“变化”和“不变”的规律。他们要么认为农耕文明的一切都过时了，要么认为技术和工具是改变世界的最可靠的方法，要么认为人性的进化很缓慢，有时还以为制约短板可以保证人的高尚，或是错误地估量了——“用一把尺子”刻舟求剑地丈量脑海中想象的图景。

尤其是在当下，似乎“变化”比“不变”的事物要多。拥抱“变化”、洞察“趋势”成为一种绝对的信仰。比如对于人工智能、长生不老、无性生殖等领域，科学的发展甩了哲学几条大街。技术知识分子比公共知识分子要有魅力而且实惠得多。公共知识分子常常是那个泼冷水的人，甚或其中的大多数表现得穷酸而迂腐，一如他们所批判的遗老遗少一样，一如他们所要粉碎的旧世界一样。随着时间的流逝，批判大众的“知识人”终于变成了大众的“批判物”。这便是批判的力量，所有的指向最后都会回到自身。

无论如何先锋，终将变得陈旧。其中好的部分将被称为“古典”。“知识人”是保管知识的人，最早是口传心授，依靠记忆。后来有了文献，则记诵过时了，通读文献形成百科全书学派，“无所不知”或“给每一个问题安上一个答案”（当然有些是抚慰性质的）成为知识人神圣的追求。然而这一路也随之过时了，因为有了电脑检索,有了云上的大数据,每个人都可以很方便地查找答案。其弊端是知识越来越碎片化，而其好处是人对知识的依赖，不再通过求问“知识人”而得解。免费、共享、自我学习与成长成为可能。

然而事物的发展朝向并不依靠这种简单化的描述。人们仍然艰难地发现，在这样一个过程中，“心流”的耗散相当之大，“专注力”成为稀缺资源。大脑需要挣扎着面对“多线程式处理信息”。与强大的互联网博弈时，人们被汹涌地推向信息孤岛，人成为一个“体系”的可能性少之又少，只有那些有杰出意识的人才有可能避免被撕成“碎片”。

掌握“体系”的人控制着那些成为“碎片”的人。这便是我们这个世界的真实面貌。假如知识分子不揭穿或指认这样一个事实，假如他不大声说出来，那么“碎片”是不会主动去寻求体系上的融合的。

不要认为那些在看书的人都是知识分子。知识分子必须建立有知识体系。看书的人也可能是将阅读作为消遣或自娱，而或一种生活习惯——他认为是良好的。只有按体系去看书的生活习惯是良好的，如果不耐可以辅之以消遣式阅读。因此知识分子必须花在独处上的时间非常之长。他当然享受这种独处，因为与伟大的思想或知识相处，知识分子获得的安宁是至高无上的。这个时候他对不对世界发言已经没有那么重要，甚至是毫无必要，因为在智慧之学的层面上来讲，你不应该改变世界，而是改变你看待世界的方式。

因此并不是每个人阅读卡夫卡时都有那种卡夫卡的心境，他说："我没有必要去世界上走动，我只需要安静地坐在书桌前，世界会聚拢来在我面前扭动。"人和世界的关系是可以打破的。人不是世界的一部分，而世界是人的"六感"的映射。当关闭掉一个个体时，对于他而言，这个世界是不存在的，这就像熄灭了一个幻灯机——尽管其他所有人的日子要照样过，朋友有了新朋友，旧欢有了新欢。

如果抛弃人类中心主义的观点来看，一只狗眼中的黑白世界和你眼中的彩色世界是同样的吗？而到底哪一个是真实的呢？可见，并不存在一个纯粹客观的世界，或者说，一个纯粹客观的世界是“起码”的，而一个纯粹主观的世界是“无穷”的。

如果科学家不在他的发明或发现中注入“信仰”，即“坚信”科学是改变世界的第一推动力，那么他将徒劳无功。所有人类之间的冲突皆来源于所“坚信”的事物不一样。或者说，是“排序”的不同。因此“心理排序法”诞生了：将什么排在第一位导致了家庭的冲突和成员的误会。而这在程序员看来，也不过是“算法”，这种算法是可以计算出来并回避或解决冲突的——但他同样相信，这并不能制止新的冲突的蔓延。

正是由于“主观故意”，“客体”被发现或发明了。假如没有身躯这具“客体”，也就没有了“主体性思想”。因此，东方的知识分子很早就阐明了“心物一元”的道理，有时表述为“心能役物，而不要为物所役”，有时表述为“心能转物”或“境不夺心”。而“物我两望”到“物我两忘”则有李白的表述“相看两不厌，唯有敬亭山”。尽管历来这被认作是一首情诗。

对应中国知识分子，有过时的称呼“士”“大人”或“君子”“士大夫”。但是中国知识分子历来都是兼职的，很少有专职的学者。他们要担任官员、处理地方政务。他们是政教合一的。或者说是权力和学识合一的。他们进入了“权力中心”，在这个“体系”中，精英保存了文献物证；而老百姓则有民间的一套“体系”，他们通过山林、江湖、庙宇、宗祠和家族保存着一套“践行”和“实证”的仪轨、礼节、变文、唱辞、节气、规范、图腾、巫医、戏闹、渔樵。孔子言：“礼失，则求诸野。”中国四大名著，除了《红楼梦》是贵族书，《西游记》《水浒传》《三国演义》都脱胎于民间。

“民间无智”是历来的一种误认，也是一种高高在上的傲慢。旧时是权力中心主义，而今时是学院中心主义。而“不识字则无智”是另一种误认，因为“践行”是另一种智慧，知识分子知十行一，而民间人士则知一行十。“庙堂”和“江湖”是中国知识分子的天平两极：达则庙堂、兼济天下；穷则江湖、独善其身。这一套知识分子的立身处则，使其处在“达则为儒、穷则为隐”的局面下，也可以称之为“达则大乘”“穷则小乘”。达则飞龙在天，穷则潜龙在渊。

然而求真又是这样一件事体：

真是艰难的

真是受蒙蔽的

真必须被追寻

真难以耳闻

真少有简单

真难以显化

真是必要的

真不能被覆盖

中国知识分子强调“求善”，以善而求“真善美”的统一；西方知识分子强调“求真”，以真而求“真善美”的统一。这是两个不同的“法门”，也是中西文化比较的“根本因由”。求善故发展出“伦理学”“秩序观”，强调“关系律吕”的和谐；求真故发展出“科学”“逻辑”，强调忠于自我和客观示现。而二者的“法弊”也在于，力不济者，在中则落于“伪善”，在西则陷于“自私”。

然而正如“佛性不分南北”一样，学术也应“无分东西”。二者只有“法门”不同，根本则是究竟一致的。唯物和唯心，是一枚硬币的两面，各执一端；有神和无神，也是一枚硬币的两面，各执一端。

“出人头地”“望子成龙”“人上人”就是这种希望拥有更大特权的心态。即便他们送子女出国上学，也是这种心理作祟。因此一定要上名牌大学及消费其他时尚名牌。对于中国知识分子而言，他们最苦恼的是，“特权”意味着“幸福”，而“民主”意味着“不幸”——当所有人拥有一样的权力时，这实在是毫无快乐可言。这便是“不患贫，而患不均”的思想现实版。然而“机会不均”又非常容易引发愤怒、不公等社会情绪，于是社会充斥着戾气则毫不令人吃惊。

由于整个世界在加速度地发生“变化”，三年是一个时代，“资本”涌向哪里，哪里就热火朝天，而其他地方则如水清冷。这真有“冰炭”之惑。知识分子也可以做热闹事，也可以做寂寞事。这有点像轮盘赌，你既可以跟热点，也可以等待爆冷。但是你必须清楚自己是否乐于这种玩法，或是否享受投机。

但知识分子不愿意过度拥抱变化的原因也很简单：变化当然刺激、但未免过于劳累。而且也极尽空虚。灿烂烟花于一瞬，而漫长的制造、等待和打扫的时刻该如何度过呢？

或者说，那些不变的古典知识和教条，真的过时了吗？真的“不合时宜”了吗？不变的“内核”是否还在？是否还可以指导我们的内心？生活图景已经分崩离析，内心图景也将一片荒芜？我们说出“精神家园”时就显得那么可笑吗？

答案是否定的。这个问题也显得粗浅。真正的知识分子早已超越了这种犹移不安。这或许是知识或智识的好处，孟子言“学问之道无他，求其放心而已矣”。获得内心的“当下轻安”，远离“焦虑、纠结和挣扎”，但又不是“麻醉”或“自欺”，自我意识保持“清醒”和“觉照”，这便是知识带来的“受用”。至于知识是否可以带来“知识经济”或“知识生产”，那是工具化的应用。因此，那是技术知识分子该将其做好的事。

“拥抱变化”固然很好，也很正当而必要。然而那些不变的知识、恒远的典故和无用的说教，则构成了另外一种吸引力。人的力量的源泉非无中生有，而是在那些“不变的经典”中存放。当你前往悠游，总能有所收获。变化使人兴奋而疲惫，不变使人平静而恬淡。一味地强调变化或一味地强调不变，都会落于“边见”，也是思维简单而片面的明证。

而摆脱这种思维上的幼稚症，看事物既能穿越复杂而穷究其理，又能从简单事物中提取丰富而多变的信息量，则是知识分子的分内事。因此，知识分子要做翻案文章，提供新的“视角”，抽掉或增加一个“因素”，知识分子用“误解”无限靠近“正解”。

顾炎武说北方人“饱食终日，无所事事”，而南方人“群居终日，言不及义”。他对知识分子的批判涉及两个重大的问题，前者为“行”，后者为“知”。北方人懒于“行事”，南方人懒于“集义”。“义可顿悟，事须渐修”，“知”和“行”二端，都是知识分子要从事的。以言论为事，言论即行，言论是知行合一的；以教书为业，教书即知，教书是知行合一的。以农耕为事，节气即知，农耕有其知行合一；以互联网为事，谷歌的理念“更好的搜索是为了更快的离开”即知，互联网有其知行合一。然而中国的互联网业可悲在于，它很大程度上只是个“流量业”。这便是

“不知”或“不智”。虽然在互联网，仍然是做原始的生意。拥抱变化的人，看到的是不变。

从事深度的思考或深度的工作，这是知识分子该做的事。浅阅读固然能快速消化快速应用，而深度的读书、写作、思考并不应该被废弃。恰恰相反，作为“专注力”的代表，它演变成了一种“稀缺能力”。世人的专注力缺乏，而知识分子可以胜任这种脑力和思维的高强度。

他的写作，不应是短期有效的，而该是长期有效的。他也不是写给外行看的，或许只有一小部分人在关注他的写作，并且产生共鸣。但这一小部分中的某几个，能够读懂，甚至认证他的思想。这便达到了马尔克思所言的境界：“假如我是一个高速运转的、高智力的、高心智的这样一种大脑的、心灵的运转状态，当我遇到另外一个同样是高度运转的、活的、心智智力很高的、带着问题意识运转状态的对象的话，我能够一眼就认出他。”

“印证”并非是佛教的专有名词，“检选”也并非基督教的独有现象。应该来说，“印证”和“检选”无时无刻都在发生中。当你不再嫉妒那个曾经嫉妒的人时，印证发生了，至少你可以平视他，而平凡的世界充满了各种“相认”。如果我“认”你，那么我会与你合作，给你各种机会，不遗余力地推荐你。假如一旦识破某种作伪，那么所有的机会都不存在了。“印证”即是人与人之间的“信任”。这种“信任”涉及方方面面，也是信念的发生形式之一，也是能量的源流。

而在知识分子之间，“文人相轻”则是“印证”的反义词。谁也不服谁，互相不对付。“文人相轻”说明了二者的思想境界差不多——都不怎么样，至少谁也没有比谁更加包容。心量的狭窄说明了知识分子、某种文人的未来行之不远。“风物长宜放眼量”，朱熹强调这一点，正说明这一点在尘世的欠缺。

“检选”着重于结果，我们无时无刻不处在“检选他人”或“被他人检选”之中。我们检选朋友、伴侣、合作伙伴。检选一个餐厅、一个旅行地点、一本书。我们盘算让谁入局，带谁一起玩或不带谁一起玩。我们参加这样的场合也是因为，深知这种检选式的身份很重要。要想获得上帝检选，自然是需要自我完善的，这样才能接近完人的状态，以便得以上天堂。

这些都是朴素的真理。然而心理学家发现，我们所有的负面情绪，正是来源于对我们不完美状态的恼羞成怒。我们有拖延症，正是因为我们不能将手上的工作自如地做得完美。我们焦虑，是因为我们过分乐观地认为自己本可以做得更好、更到位。我们挣扎，也是因为有个假想的完美自我，无所不能，在前面等待，能将家庭、事业和前途都摆平。因此，我们制订方案时，往往超越了我们的实际能力。

心理学家、心理知识分子告诫我们：唯一完美的状态是你接受自己是不完美的状态,然后再去着手改变他——不要不服气。因此你要“臣服”于自己的不完美。如果你因不完美而产生了负面情绪，你便没有活在当下。接受它、改变它，这便是活在当下。所以诗歌知识分子泰戈尔说：“如果你错过月亮时流了泪，那么你也将错过群星了。”因为你把“错过”当成了“当下”。

我们的知识分子有时显得过于焦虑。强烈的现实关怀与情怀使他们顾影自怜、借酒消愁。

这便给大众提供了借知识分子消愁的可能性。万物一体的，“社会塑造”是彼此之间“互塑”。知识分子藉由观念的流行“形塑”着大众，大众也用褒贬来形塑着知识分子的形象。某种观念的深入人心，一定是双方共谋的结果：知识分子说出来的话，正好是大众觉得可以拿来解决问题的。至于具体解决了问题没有，那是另外一回事。

所以说知识分子在不停地制造“业”，制造“概念”，制造“术语”。有那么多的现象需要总结，有那么多的观点需要反驳、修正与升级。“历史终结”“历史的终结之后”“后历史的终结”等等，其中当然有思想的，但也可能这思想是有流毒的。凡有思想，必有流毒。某些理论极其纯洁、高贵而纯粹，纯粹到只能停止在思想层面，一旦执行起来，则可能面临着一场大清洗、大运动——事物总是倾向于走向它的反面。那些将派系的思想性置于“人性”之上，最后诱发出“人性”的阴暗面，是一件极为可怖之事。人性的两面，向上为善，向下为恶。如果一味向下诱导，最终的结果是导向“礼崩乐坏”。“品牌”的建立需要无数人的心血和循循善诱，以善来诱。而“品牌”的崩塌则往往是一夜之间。“印证”和“检选”在每个人的内心发生。所以，他没有的，更不必要给他，因为这是神对他的考验；他已有的，必给他更多，恶不积不足以灭身。

知识分子的确不应该被概念困扰，但是他们又不停地制造概念。并且他们被自己制造的概念束缚手脚，甚至沉溺于概念、为概念命名、为概念正名、用一个概念覆盖另一个概念、用一个概念颠覆另一个概念，在概念的层积岩中，攀登具有史诗意义的高峰。

假如这其间没有一个具体的个人的感受和觉知，这些概念不过是颅内高潮和空洞思想。但知识分子常无视这些，他相信百年以后、千年以后，有一个人会揭竿而起，将他的思想发扬光大、具体落实。

因此我们的知识分子又是可笑的，他的想象力过于发达，也过于乐观。他常常梦见自己在历史坐标中的地位，并不免为此而打起小算盘。他盘算着有几个可以称得上对手的朋友，并认为自己已经到达一无所求的境地。在这一刻他既不求真，也不向善。这一刻是个精明的个体在用大数据分析自己将来的“意识”能在世界上保存多久。这是另一种意识上的长生不朽。

然而我还是希望知识分子不要闭上他们的嘴巴。一个书读多了的人，免不了要多说几句闲话。这几句闲话，无益则可当耳边风，有益则自可受用。我想终归是无伤大雅的事。公共知识分子改变不了这个世界，智性的力量越强大，反智的力量也会越强大。因为两股相对的力量一定是互相消长的。老子言“智慧出，有大伪”，就是看清楚了当思想一盛行，免不了有各种偏性和流毒，有各种被利用、误读和借酒下药。世道艰难，唯在于此。

因此倒不如一心只读圣贤书。有一位台湾的老先生说：“我一生只守‘潜龙勿用’这一爻。”可谓深明大义。佛家言“开口便错，动念即乖”。这种思想，倒是知识分子该去反思一下的。

中国的圣贤书中，已经将思想规模厘得很清楚了。所以金克木有“书读完了”的感慨。没读过的，多少也无关宏旨。知识分子要有自己的“体系”，是得有把书读完的决心和勇气。故此也没有开口管闲事的工夫。

如果认真去看，中国思想史有个有趣的现象：先秦诸子，可谓首脑头目；魏晋为颈项；汉唐为心胸；宋明为腰腹；清民一代为四肢，Break a leg。

元气汇通，重在腰腹。宋代新儒家是中国思想史的集大成，不可不知。佛道相鸣击，产生禅宗；禅儒相鸣击，产生新儒家。故宋明理学是儒、释、道的集大成。

因此，研究中国思想，要“两头通、中间明”。从先秦诸子往下通，从晚清民国往上通，会师于新儒家，则学问明矣。

如果学问没有明，可能说的一切都还是“局部真理”。救世的动机固然好，但也常常好心办错事，一言不慎，悔之也晚。强作知论，贻害无穷。

所以我必须申明我说的都是外行话，它只是满纸烟云而已。我首先是个大众或个体，算不上知识分子。比首先更首先，我是一个自然人，其次才是一个社会人，然后才是一个自说自话的专业人。尽管我的专业是和文字和对外界发表言论有关，但绝对称不上知识分子。因为知识分子的门槛有点高：他首先必须要有自视为精英的勇气。我却连社会人的身份都想抛弃，愿意活成纯粹的动物。

而我所作的这一场谈论就如同历史上的“渔樵闲话”。干活干累了，歇歇脚，然而不知秦汉、无论魏晋。故此随便闲扯了几句。

论作家的任务

作家的任务是此身无限接近完美，而不是著作等身。

作家的任务是上半场靠天赋，单纯而激烈；下半场靠发酵，复杂而醇厚。

作家的任务是懂得经典。懂得一分，受一分的用；懂得十分，自己就是经典。

述和作是作家的两条路径。行为也是作家的语言。沉默和帕金森也是。当作家老年痴呆时，有读者从其痴呆的节奏中看出了内容，那么这个作家是永恒意义上的。

作家的任务是合时而作、适时不写。所有为维持自我地位而写作的努力都是徒劳的。生命之杯的半空或溢满没有好坏，但对自我恰如其分的认知甚于理解这个世界。

作家所面临的无助时刻较常人为多。兴比赋是远古巫师遗传下来的能力。作家的任务是对天人之际的考察。

作家还有推进人类意识进化的任务：当意识的深邃程度使人越来越寂寞恐慌，作家应坚信桃花源的存在。并不是所有少有人走的路都是对的，并不是幽僻处都有正果。前面越是没有人，作家越是要用意识之光去烛照幽微。

作家对人类命运有深刻的体认。但这样一来敏感的躯体易于早夭。因此作家的任务是在感同身受的同时，具有坚明的志念。作家要有乌龟的外壳和蛇的内心。

同样作家要向玄学和宗教发起冲击。宗教和文化的流弊甚多，起先有进步意义的随着时日流传而成为保守；起先是自由的教条而不免使更多人受到束缚。作家要善于发现变易与不易的规律，假如刻舟求剑，人们会说这是一个勤奋的作家。

作家持守于志艺两端。无志则行而不远、半途而废；而为艺则与境界和修养有关，境界不到，艺术是无法臻上的。

我因此见过太多咬牙切齿或自鸣得意的作品。前者对自己太不好了，后者对自己太好了。

物持世界，
形色惑人。
要想「不受惑」，
万难。
今人所遭遇之时代，
形色怡人，
也害人。
抱朴如初，
成为一种「没本事」的人格象征。

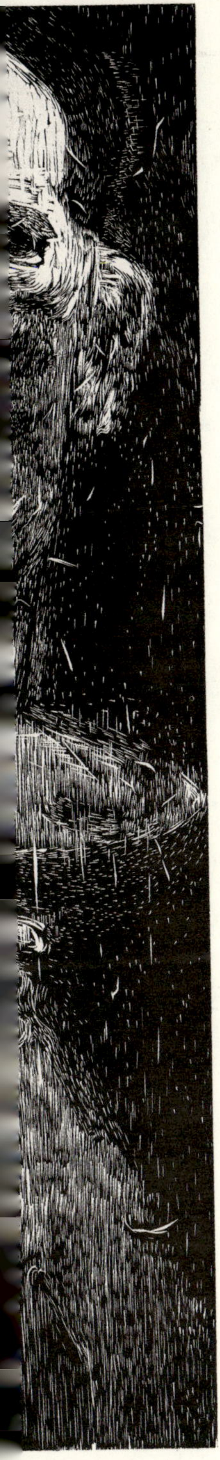

论作家与知识分子

拟对世界发言有两种：言说与手写。多数人并不具备书写的技术，尽管可以在祖国用母语接受教育二十年之久，但对书写技术的教育却是失效的。打从一开始，教育者想到的是“规训”而非“自由表达”。“规训”制造的是工具、匠人和庸才，只有“自由表达”，才有天才与大师呼吸的空间。当然，这要冒相当大的“疯险”，异己、疯子与狂妄症患者也在这片丛林里出没。

一个人的演讲不需要训练，因为演讲是“思维的习得”。演讲与口齿伶俐、风度优雅没有关系，反而这些外在的矫饰是可以通过训练达成的——就像漂亮可以通过整容得到一样，但实在来说，夺人心魄的美往往是独具的，和漂亮没关系。我见过太多精彩的演说家，他们或思路清晰，可以脱口成文；或语音含混，拖泥带水，面目寂潦，发型散乱，但这并不妨碍他们散发思想的魅力。也就是说，我们无需从形式上考证一个演说家的杰出，他是否用长句子，他是否短促而尖锐，他是否懂得节奏中的音乐性，以及他是否控制得好时间。关键是，演说者是否使你印象深刻，他是否将思想植入你心灵深处。

大凡写作者，都能习得思维上的逻辑、条畅和声情。因为书写技术的训练，来自于大量的阅读，在阅读中养成良好的品位和判断。这非一日之功，或许要毕一生之力。除了某些天才之外（当然可以说天才即先天所习得），后天要习得写作能力，阅读经典之外别无他法。从文学扩充到文化，继而扩充到思想领域，又从思想领域扩充到信仰领域。随着人生信条的不断刷新，书写这种能力也会随之肯定，否定，再肯定，再否定。写作者把自己锻造成一把称手的斧子。

因此，与其训练一个人的言说，不如训练一个人的写作。当写作过关了，言说也将自如。一个懂得书写技术的人，他在写作时，一定是写出未知的部分，而非写出已知的部分。只有在写作中，思路才得以整理。对写作具有信仰的人士会说，写作是与上帝一起创造，上帝与作者一起参与到构建中来。这样理解无可厚非，有神秘主义的玄学成份存在。对写作越持久而深入，越会有这种态度。

写作者有很多面向，一种是立志当作家的人。他们首先受故事的吸引，同时对语言也异乎寻常地敏感。刚开始很有可能，他们不知道一个词的意思，但知道该放置在哪儿恰如其分。这便是“语感”。“打破了碗说碗，打破了碟说碟”，这句话对少年来讲很难理解，但并不妨碍一个少年写文章时用它来形容某个直率鲁钝之人。

由于作家对语言天然的敏感，可能会使其变得“言过其实”，夸张、矫饰，走进辞章之学。也可能就此进入浪漫派的阵营。初学写作者，都会犯一个错误，他只是想表达一个人待着很“孤单”，但却使用了“孤独”。于是“孤独”的语境便辽阔起来了，这个词语义之丰富，即便存在主义的思想家们，都囊括不了它。或者他只是想表达“好感”，但却使用了“爱情”。也由此天翻地覆、死去活来。初学者会落入语言的陷阱，语言之陷阱形成暗示，指导行动，使得肉身深陷其中不能自拔。词语或语言，有时会葬送一个立志成为作家者的命运。词语的重量，若不慎重，若不是渐渐加强压力而是冒然力举，则一定会出现闪失，轻则伤筋动骨，重则伤心摧肝。

词语有重量，也有轻盈的部分：倘若你写到“麦子”，如果脑海中是秋天收获的景象，则有沉甸甸的感受；如果联想中是“麦田守望者”，则有青草与天空的气息，这个词语就轻盈游荡了起来，与青春期和荷尔蒙完美结合，变成利比多与叛逆的一部分。

倘若要是写到“石头”呢？石头天生具有重量感。但也不尽然，“石头”可以变成“焰火”。假设你说，“石头开花的季节”，天哪，石头立马变形为轻盈的生机。这便是语言的魔法，词语的炼金术，也是迷惑青少年成为作家的存在迷思。有些人闯出来了，有些人难免半途而废。但不管怎样说，成为一名作家，要像一条疯狗一样不停地写，除此之外，真的没有别的办法。

作家要想具有现代性，或者，如何成为一个现代作家，他必须得和知识分子的身份相结合。这一点，诸多作家不以为然，而另一部分作家显然深刻意识到其重要性。作家关注心灵，关注人性。但除此之外，他也无法漠视社会进程和人类整体的智力、道德的完善程度。而且，对于“大屠杀”这种恐怖事件，作家稍具脑力，便要和知识分子一起，肩并肩去反思，用思维影响他者，防止幽灵与恶魔的再度出现。

知识分子是拥有常识和智性的那个群体。他们无需有特别深邃的见解，重要的是坚持常识——常识往往会遗忘。因为社会组织者，要调动个体的大脑和行为，必须首先将常识抹掉，然后加入新的思想。比如“义务”和“权力”对等是常识，那些要求你“奉献牺牲”“把崇高当高潮”的则是利用你的阴谋。知识分子强调真相、常识与客观规律。但知识分子的道德水准又堪忧。因为知识分子也面临利益的诱惑，一些人便以不说假话为底线，保持沉默，然而有时保持沉默也是犯罪。总之，知识分子比普通民众更善于拷问自己的良知。然而拷问久了，便也趋于麻木。于是知识分子亦不免泯然众人。

大学这个团体，使得知识分子的数量倍增。一般而言，受过高等教育，便可以称为知识分子了，加上还有那么多的教授、专家、学者，具有人文思想，受过相关理念的影响，他们不仅关注自身的困境，也对他人的困境感同身受。因此我们往往会这么界定知识分子和学者的区别：学者只在他的专业领域里发声，而知识分子，则通过他的智识，面向社会各阶层发声。知识分子和网络、媒体、出版的关联巨大，这是他发声的传播途径。因此，如果要控制知识分子，切断这些传播途径就够了。这种魔术叫壮士断腕，如果我们不想面对社会肌体的病痛，打打麻药，或者干脆切断，这也是一种治疗方法，愚者和疯子，往往这样选择。

作家当然虚构时为多，但说起真话来，一般人也受不住。尤其是痛下骂口时，那简直是一种酷刑。鲁迅的魅力，宵小之徒都领教过。写文学作品时，鲁迅是作家；批判社会时，他是知识分子；做研究时，又成了学者；讲道理时，便成为思想家。这些都要通过演讲和写作完成。对于要过书斋生活的人而言，“书写技术”是一辈子的功课。

爱默生在《论美国学者》中言：“人的思想形成有赖于将人生转化为真理的深入程度。”学者是寻求真理的人，或者是如爱默生所言“思想着的人”。他还讲学者应该“自由而勇敢”。如果相信他的论点的话，一切人是一个人，那么，做一个学者就是做一个大写的人。学者自己要为抽象的全体人类服务，这个全体人类所幻化出来的一个人，既是他的想象共同体，也是他愿意为之付出并服务终生的心灵源泉。

学者首先是一个向学之人，他对学问之道有狂热的追求，他容易因此走上偏执的道路，他坚信学问的意义与价值，而无法考证其无意义与价值的一面。他为价值和意义赋能，同时，他不免钻进某些牛角尖，他对无法考证的事物、神秘主义、古老的迷信抱持一种不科学的态度。对此，学者无法踏入先验性的一步，但他每往前推进一步，他填补某项空白之时，就是人类的认知版图被照亮了，这个版图永远无法被拼凑完整。但好在，它确乎是在逐渐清晰与扩大边界之中。学者皓首穷经，钻研义理，阐释经典，并且发表论文，学者是知识人中的工蜂。

我们脑海中经典的学者形象往往是学究气的，或者是与作家文人一样有着酸腐气。他们拥有知识经验，却对世俗生活隔膜。终其一生，像是从书本到书本的漂流。学者身上的书生气弄不好，就变成了令人嘲笑的对象。“寻章摘句老雕虫”，说的是一类学者，他们在字里行间寻找某种确乎的注释。有时，他们也梳理、编辑历代典故，他们也在实验室中，发明创造之物。他们观察自然、星球、人类社会，提出研究性的中肯意见——这些意见往往被他们的继任者和后学推翻。科学与观点，便这样持续、反复地交错前进。

如果一个作家，既有知识分子的智识与勇气，又有学者的学识和研究心得，那他可能会写出宝贵的著作来。如钱锺书的《围城》，他仅仅是在作家的岗位上浅尝则止。他的性情在小说中表露无遗，他观察入微、言辞刻肯，有天真的孩子气与诙谐之感。也有类似于胡适这样的学者，他多是以知识分子的面目出现，行批判与改良社会的职责，然而他的贡献也确乎与作家的任务有关，他把白话文开出一片新天地来——他竟然能毕其功于一役。

写作是最底层的运动，无论是作家、知识分子，还是学者，他们都将使用这项“书写技术”。因此严格来讲，他们之间是不好区分的。作家往往受过高等教育。会写作的知识分子必然有作家的一面显露出来，如果系统地研究某一个领域，他则又兼为学者了。而学者又不免写作专著与论文，假如他的写作功底很好，他的著作便能广泛流传，这便占了不少便宜。而且，一个写作不力的学者，多多少少，会受人鄙视。这就像在手迹书写时代，即便你的表达再有说服力，然而书法不够美观，那也是会影响阅读者的判断的。

我们再回过头来概括地描述一下：作家是那个闭门不出的人，他要将心灵、人性、想象力汇为一炉，他对语言的敏感使其成为掌握“书写技术”最得力的人。他写作故事、诗歌、评论，以及非虚构的内容，以此与读者之间搭建心灵之桥。他启迪世人，把愉悦和审美带给读者。人们将一篇篇美文视若珍宝，作家也因此可以不朽，对本国语言的创造性使用，保存在其篇章中。优秀作家的代表性文章被视为对语言运用的典范，也成为教材中的必修科目，大学中的重点研究对象：一类作家是对语言文体有贡献的，他们推进或改进了叙事的结构和原则；而另一类作家则不，他们的重心可能是在构建宏大的故事规模，使其如何引人入胜，当你沉浸其中，会忘了文体这回事——语言太好，或许会干扰阅读的实质；还有一类作家，疯狂的写作以致半途累死，这与前面提到的第二类作家正好相反，那一类产量很少却占据重要地位。

当然，各形各色的作家都有。这无法成为一个模板和榜样。重要的是风格即性格。一个作家有什么样的个性，他最终都会呈现在文本上。只要他写得足够多，这一点终将会裸露出来。作家是祖露心灵的人，也有遮蔽式的写作，那是为了一个更好的窥见角度。

作家必须受一种激情的驱动。倘若没有写作的原始冲动，倘若驱动力某一天消失了，这才是最为可怕的事。技术、才华、专注力，这都是第二义。对于一个作家来讲，他必须有个第一义提供发动机式的源源不断的动力，那就是写作的冲动、表达的欲望、在表达过程实现的快乐与成就感。这些推动他成为一个作家，否则，是没有人愿意干这种苦役的。

作家的形成有赖于读者的共识。一个人自封为作家几乎是不成立的，只有读者，广大的读者才可以说，哦，这是一位作家，我读过他的著作。或者说，哦，那是一位优秀的小说家，他的故事写得不错，应该改编成电影。作家要依靠读者才能确认并深化自己作家的身份。没有人从第一篇文章开始便成为作家。他只有反复叠加地创作、发表，使人捧读，他作家的地位就在这个过程中强化、加固。

对写作的干扰太多，生活上的、人情上的。你想好好地写上两小时，可能要花同样的时间，才能让自己在桌前坐下来。总有些响动和念头冒出来，洗洗手，查查邮件，有个快递忘了取，要不今天歇一下，把某本书看完。起初是这些杂念，直到你有力地摒弃它们、否定它们，看这些杂念自己消失，你终于可以坐在书桌前，打开电脑，翻开本子和笔，然后大脑一片空白。这时，对于成为一个作家的你来说，不免想喝一口，再喝一口。于是成为一个酒徒的使命先于作家成功。

成为作家没有别的捷径，你只有写，疯狂地写，写到忘我的程度。这种专注力就会出来好的作品，至少，这些作品的面貌会让作者本人大吃一惊，它具有陌生面孔——这些真是我写出来的吗？

因此，写作者是天人合一的。作家经常能体会到修行者禅定的某种机能。当一个作家行使创作的权力时，他便体会到了和造物主合一的深度宁静。他像个巫师一样，召唤文字的千军万马，召唤灵魂的显现，他虚构的不过是灵魂真实的呈现。有人如此形容：灵魂借作家而来，说出了自己。

这便是无数人想成为作家的隐秘愿望：体会那种神圣的时刻，忘我，专注，全知全能，与人物的命运走向一起颤抖，从已知牵引出未知，与缪斯之神通力合作。

作家的桂冠在现今时代多少落伍与过时，因为时代在粗俗的一面滑行太久，不器重文学与文化了，但这并不代表否认了作家的价值。有时候，价值是无法用价格判断的，价值要在历史中浮沉一段时间，为相近的心灵发掘吸引，才能显露出来。因此，作家不用为了进入文学史而写作，那种功利思想会妨碍写作，也不要为获奖而写作，那只是附加的荣誉。作家要暗养圣胎，呵护好自己心中的一团圣火。保持艺术创作的最初驱动力。

如果说作家关注的是“人性”，知识分子则更多地关注“社会性”。知识分子总是想着人类如何更好一些，无论是制度、道德还是生活方式。知识分子为此要提供智识、对社会的认知、革新的观念，以及言论的影响诸如此类。

一个仰仗知识分子的社会是有前途的，反之则不然。践踏知识分子古以有之，因为知识最反动，知识使人启蒙，知识让人开窍，知识令你重新认识自身，认识自己的坐标，自己所处的历史节点。知识人或者知识分子，首要任务就是解救个体与群体，使其从“愚”

的状态脱贫。让他不受他人操纵，有自己独立的思想，懂得维护自己的尊严。

知识分子，古或称“士”。他的职能可以简要概述为“安身”与“立命”。假若上大学只为找个好工作，这是安身之学；假若思考存在的意义和价值，这便是立命之学。知识分子应该对此予以指导。曾子说：“士不可以不弘毅，任重而道远。”“弘毅”便是行使价值观，这个价值观在儒学上是“仁”。宋之知识分子张载有言：“为天地立心，为生民立命；为往世继绝学，为万世开太平。”其一三句便是立命之学的纲领，其二四句则是安身之学的纲领。他的誓言可以概括为一句话——为他人之安身谋幸福，便是自己的立命之本。多么伟大，知识分子都应该效仿。

知识分子的地位不保，这是堪忧的。知识分子有时会成为某种帮闲或附庸，装点门面，讨论虚假问题，做应制文章。知识分子也会成为拍马屁的高手，这是知识分子掉入安身之学的陷阱，忘了立命之学的教义。

有些知识分子到了老年，会变得糊涂，更改自己的价值观。否定自己过去的理论与言行。智慧遭遇到了梗阻，知识分子犯一个错误的危险，可能会影响到国家的决策者，从而波及广大的公民。知识分子的言论不可以不慎。这就是为什么古人老要说“如临深渊、如覆薄冰”。尤其是现如今，大多数官员都是受过高等教育的知识分子，如果其昏聩，没有保持理性与清醒的话，对国民的损伤是不言而喻的。

独立知识分子势单力薄，眼瞅着被边缘化。这是可悲的，人们常说，知识分子是一个社会的良心，这是指知识分子往往说真话、动真言。但真话却并不讨喜，知识分子被边缘化和主动边缘化，则是必然要发生的事情。如果我们的公民不奋起，不为他们创造言论空间，那实则是同辈莫大的道义损失。

一个成功人士赚再多钱，他也只是在安身之学上，取得了巨大的成功。而立命之学呢，则是人的意义所在。为富而仁，则两个学问打通；为富不仁，则只能是一世之尊。

富有，似乎与知识分子之间天然地有敌对性。知识分子总应该以安贫乐道为特征，如果汲汲乎功名利禄，其为人作风，则会在圈子中遭到唾弃。这的确有一定道理，比如如果你想富有，必然要跑场子，当帮办，甚至要开公司，做项目。而这一切都是要消耗时间的，当时间消耗得连读书、写作的时间都占用了，知识分子就会变质，知识和对知识的权威，成为牟利的幌子。如果要衡量一个知识分子是否称职，只需要看他花的时间即可，如果他一半在书斋一半在市场上，那他只能打 50 分。我的建议是至少六四开，如果能达到八二开最好。六分立命四分安身，或八分立命二分安身，这种时间的划分是比较科学的。

过去我们常常说“知识改变命运”，现在看来，这句话并未过时，问题是宾语模糊不清，究竟是谁的命运：知识人的命运还是整体人类的命运？命运走向是更好了还是更糟了？

因此，知识改变命运这句话留下了巨大的阐释空间。先秦、魏晋、晚清、20 世纪，知识分子的命运各有其转归，但总之是相当悲惨。在一个“生”与“死”变幻莫测的大时代中，关于尊严的知识是否应该放弃，这对于知识人而言是一个巨大的考验：放弃是活着的诱惑，不放弃是尊严的诱惑。总之，当生命与尊严只能二选其一时，知识分子陷于一个两难境地。话语空间被无限压缩了，知识会成为怀璧之罪。在这种震荡不息的局面下，知识分子很难践行自己的理想人格。

严格来讲，一个只关心自己的人，哪怕他再有学识，也不能称为知识分子。只有当他关心陌生人，关心他者的命运时，他才能称得上是知识分子。因此，诸多学者，恐怕不能称之为知识分子。比如有人研究蝴蝶标本，他对人不感兴趣，也从未发表过对他人的见解与同情，那他很难称得上是知识分子。有些学者是化学家，他合成了塑料或致力于把水变成油，虽然对人类有莫大的功用，但他的初心只是为了工业合成，他客观上造成了人类的进步，但主观上并没有理解他人之命运的想法，他也不能被称之为知识分子。总之，知识分子是不可能一边喝着红酒，一边听着交响乐，一边教导孩子要有教养，然后出门的工作是为毒气室按下按纽。如果这样，即便他宣称自己是知识分子，那也是不会被认同的。

以前的学者是通才，而现在的学者却是专家。因此有些学者对自己领域以外的事情一窍不通，也漠不关心。这就像蛇终日蜷缩在自己的巢穴，他盘踞其间，安稳度日。学者最大的敌人是既没有同情心又失去好奇心。他可能只盯着几个竞争对手、几个学阀。他对有几个山头，谁是谁的人诸如此类的事情倒是门儿清。如果他的学生在学问上超过他，论文变成第一作者，有可能他内心不是祝贺而是痛苦。这样的学者占据了大学及研究机构，讨论学问之义，最终演变成了排名、论资排辈、资历、影响因子这样的现实考量——因此，学者们与企业家并无不同，他们忙着申请经费、发表论文、完成 KPI。

如果我们的学者的风气变得像“老板”一样，不指导研究生读书，而是把学生当作免费劳动力来使用，那这种风气就会像破窗效应一样传染开来。这种风气一时看不出恶果，但就长期而言，它影响的是“失信”与“失范”的大面积“失守”。

我相信有另一类学者的存在：他们有着活跃的智力、令人如沐春风的谈吐、能够把握所阅读书目的要义，无论是在实验室还是书斋，他们遵循的是严格的学术规范，没有剽窃，没有造假，没有注水。无论是清贫还是富有，都不能影响他们对学术抱有的志向。贫穷时，他们不会改行；富有时，他们也不会懒怠。

富人、学者、官员都是这个社会行之有效的几种身份：富人之于资本、学者之于知识、官员之于治理。假若三者能各司其职，精诚合作，则理想社会为之不晚。但十分令人心痛的是，富人想当官员，官员想当学者，学者想当富人，于是这个混乱的局面使得社会乱象丛生。

布卢姆写有《美国精神的封闭》一书，他认为美国人正陷入虚无主义的泥潭，他们不再关心自然的权利，丧失善恶是非的标准，忘却立国立本的宗旨，在开放、多元的幌子下，美国人的心灵越来越走向冷漠、自私和粗鄙。——简直可以说，放在当下的中国也不为过。高等教育面临的问题，正是学者面临的问题。我们的学者和学生，似乎仍在一个文凭社会中生存、挣扎。学者要谋一个良好的教职，学生要找到一个不错的工作。这似乎便是学习与教育的全部目的。

不管怎么说，这种想法有其逻辑自洽之处：如果谋生都变得困难，怎么会安顿好心灵呢？这个问题古已有之，伟大的学者孔子说："君子谋道不谋食。"其意思是"食在道中"。立道者，便能立食。安顿其心，则身有何患。即便是大学硕儒，依然会在这个问题上较劲。民国时期马一浮在四川乐山办复性书院，便在对待学生的问题上与熊十力发生分歧。马一浮认为读书治学与文凭无涉，否则便入驳杂功利之流；熊十力则认为，不给一张文凭，学生下山后如何谋职？马一浮是纯粹之儒，熊十力是恻隐之儒，理性来评判，两位教师各有法门，皆无过错。

学者的立意，不管怎么说都应该有战略高度。取法乎上，才能得乎中。如果取法只是为了谋职谋生，则显得猥琐了许多。犹太人愿意把自己的女儿嫁给学者而不是富翁，这是对学识的尊重。中国没有这样的传统，上海人希望把自己的女儿嫁给老外。事实证明，这也是一种逻辑自洽：女儿安身，母亲才安心。所以说，"宁在宝马车上哭，也不在自行车上笑"。前者虽哭，但有破泣为笑的那一刻；后者虽笑，慢慢也会强颜欢笑。

学者应追问这样的生存困境。物质带来温暖、安全和自由，但也带来烦恼、空洞和痛苦。如果我们的心灵是干瘪的倒也罢了，物质滋养即可；问题是，心灵常会犯上作乱，它有自己的判断、直觉和感受。

学者和心灵，是一对冤家。因为过多的知识会变成障碍，堵塞性灵这个系统。书读多了的人，常老气横秋，老成持重，老谋深算。也因此失却赤子的活泼泼和惺惺然。学者见多识广，博闻强记，但假若一不注意，便会把自己弄得无趣。学者钻进故纸堆，把自己变成老古董，于是也就只能供着，只有观赏性而无可玩性。

因此学者不能太过严肃，孔子以诗教佐之，取“温柔敦厚”之态。善则温柔，诚则敦厚。子夏说君子三变，要“望之俨然，即之也温，听其言也厉”。这种修养装是装不出来的，装则成病。心智成熟后，自然显示这种相貌，一看就有威仪，接触起来又很温和，讲起话来斩钉截铁、句句在理。学者要有这种风貌，虽然说“要”，就跟说果子要熟透一个道理，并不是“要”就能要到的。时间到了，自然会如此呈现。

学者或者学问家，必定以向学为志业，成为饱学之士。明顾炎武曾吐槽说："北方学者，饱食终日，无所事事；南方学者，群居终日，言不及义。"吃饱后大脑一片空白，扎堆时空谈玩笑，本是人的正常生理反应，无可厚非，妙在一"终"字，如果你整日、镇日、终日都如此的话，则学者混同俚俗，无复有学者的面目了。

大部分学者，书都没有读通。因为不通，所以对事物没有通透性认识。执己之见，报残守缺，固以为自己专业是第一义。而好的学者，大约明白不管后面添加多少专业术语，前提有一个"人"字存在。人首先是个自然人，然后才是社会人，最后才是专业人。专业人不应该凌驾在人之上，否则便成为了专业动物，如此便有丧失方向的危险，玩火而不自知。因为专业的野心或求胜欲望，最终会葬送作为人的基本守则。

学者不应该与心灵是冤家。学者要时时内心有个提撕，保持理性和清澈。优良的学者都是以人道主义和人文主义为基本价值观的，他心中装着万有，这万有之中有自我与他人的安顿和命运，能冲破国界的阻挡，有对人类自身运作机制的反思和考察，也有报定专业为人类服务的决心。这决心中也包括改善人类与生态的处境。

因此当一名称职的学者或当一名大学者，是困难的。一个学者必须冲破“小我”，拥抱“大我”，他的意识状态才会涵盖、包容周遭的一切。无论他是否在场，他的精神范围便已笼罩着当下。他的思想、他的理念、他的价值观及他所作的贡献，具有一种示范的榜样之效。他在实验室日复一日地受挫，几千次地重复实验操作，最终有可能一败涂地，永无出头之日。但正是在这样的局面下，奇迹涌现了，屠呦呦成功提取了青蒿素，她挽救了全球的疟疾患者。

对于一个学者个体而言，成功是偶然的；但是对于学者这个集群而言，成功则变成必然的。只要有一个士兵攻占了堡垒，这场仗就打赢了。学者要有抱定做炮灰的决心，这就是用专业为人类服务的后果——迎接你的不一定是成功之巅，而是失败的深渊，是垫脚石，是“百无一用是书生”。

另一种更可怕的职业是成为思想家。思想家在当代是无用的，往往要到隔代，才有人理解他。思想家在当代的朋友和同党少得可怜，他总显得不合时宜。也没有几个人能读懂他。如果说作家提供的是液体饮料，知识分子提供的是半流质饮料，学者提供的就已经是固体颗粒了，而思想家呢，他提供的是结晶体。一般人的肠胃，是没有能力消化这种结晶的。这就像没有人拿着盐和味精直接饱腹。一般人只能接受一点点佐餐。比如，如果是有思想性的作家，就会好接受很多。有思想性的知识分子，必定在精英圈大受欢迎。有思想的学者呢，定然可以成为学界领袖。

而单纯以思想、抽象的思想为目的，并且致力于对语言、哲学进行形而上的思索，这样的人，当他最终拥有了原创的思想，他替当代所有人去思考那些纯粹理念之物，并且使思想的深度向前推进一步，他就可以当之无愧地被称为“思想家”了。

研究哲学的学者离思想家最近，甚至是无限接近。思想家的称号有时是一顶高帽子，戴在同时代人的头上似乎是光荣的。但这顶帽子实在应该是五十年后、一百年后，由后人来颁发。因此可以说，所有当代对思想家的认定都是一种误读。但是事情总是相对的，有些思想家在当代便发挥威力，而在后世，他更是被很多人研究，人们从中吸取养份，这些养份还有治病之效——不同的思想对治不同的缺失。当你懦弱时读尼采和鲁迅；当你狂妄时读叔本华和惠能；当你感觉孤独时读克尔凯郭尔和海德格尔；当你理性缺失时读黑格尔和康德；当你缺少人文精神时读卢梭和爱默生；当你想出世时读梭罗和老庄；当你要入世时读曾国藩和孔孟。总之，思想家是五花八门的，中国有先秦诸子，西方有苏格拉底、柏拉图以降的思想传统。

哲学家麦基虽然不是个原创的思想家，但他的功用是在 1980 年代通过 BBC 向大众普及了哲学知识，让民众爱上思想，后来结集为《思想家》一书。但谁能说他晚年没有独创的思想呢？他在《终极问题》（2016）一书中，这样描述死亡：“在那之后，我们会面临什么呢？就算是那些知道自己大限将至、死亡就在眼前的人，也不知道答案将会是什么。我只希望，在轮到我的时候，我的好奇心会超越恐惧，尽管那时我可能会是那种人，在认为自己快要找到所寻之物的一瞬间，他的蜡烛熄灭，陷入一片黑暗。”

哲学学者和哲学家是两个称谓，前者是研究哲学的学者，他要梳理、考订、阐释并翻译哲学的历史、事件和著作。而哲学家呢，毫无疑问是思想家的一种。哲学家要有自己原创的思想内涵，或者要建立一个思想体系，或者能让真理从笔端汩汩流出。

“五百年必有王者兴”。思想家是“哲人王”，思想家是“爱智者”当中最出类拔萃的人。大的思想家，或许也是五百年才出一个。思想家不同于时下某些概念家、观点家。即便一些西方高等学院的教授们，都有堕落成概念家或观点家的危险，他们发明一个新词，制造一个概念，然后用学理依据去支撑它，取一时之宠。比如“习得性无助”，就是认为事情无法改观而不再努力，一句话能说清楚的问题非要用一本书去论证和阐释，这是典型的注水的方式。现今充斥着市场上的，有诸多伪学术、伪理论、伪思想的书，它们常常包装成学术或思想的面孔，但读完全书，你会发现仅仅一个名词解释就足够了，有用的信息量不会超过一页。而真正思想性的著作则正好相反，每天能啃读 20 页、40 页或 60 页，那都是一天当中充实的工作。

思想家常常是离群索居的，这是经典不变的形象。为什么这样说？因为思想家需要大块的时间用来阅读和思考。这是他的主业。这个主业几乎换不来饭碗，因此诸多思想家要么是继承了遗产，可以养尊处优；要么是把对生活的热望降低到最低限度，他思考欲望，并把欲望转化为某种形而上的表达。思想家之所以远离人群，还有重要的一点是，在人群中，个体的人是不完整的：当你与一个人交谈，你便变成了二分之一；当有八个人的饭局，你就是八分之一了；如果当众演讲呢，尽管你可以影响二百个人，但你仍是二百分之一。敏感的思想家，会在人群中体会到这种压力。人与人之间微妙地黏着，互相挤压、变形乃至不适。思想家是不愿意与帝王互换身份的，因为这样一来就毫无自由可言。即便你领导着一个国家的公民，你仍是被这么多的公民绑架了，绑架在某个命定的事业上。有那么多的公文、决策、号令和礼仪要处理。为此将会给国王配一个黄金宫殿。作用力和反作用力是相互的，国王的权力当然大无边，但他亦会被这种权力所束缚。有些事情不管他愿不愿意，他都得去做。一俟到过世或下台，局面就不是他所能控制的了，他千辛万苦营造出来的大好棋局，可能会风流云散。

海德格尔喜欢住在乡下的小木屋中，与山民为伍，他称自己的工作是农夫的工作，而城市生活则是令人不安的。他说："城市人总担心，在山里和农民待那么长时间，生活一无变化，人会不会觉得寂寞？其实，在这里体会到的不是寂寞，而是孤独。大都市中，人们像在其他地方一样，并不难感到寂寞，但绝对想象不出这份孤独。孤独有某种特别的原始魔力，不是孤立我们，而是将我们整个存在抛入所有到场事物本质而确凿的近处。”

思想家最不害怕的就是孤独。孤独对普通人而言是难受，对思想家而言是享受。思想家要把自己立在孤独的境遇当中。克尔凯郭尔对孤独的谈论，可谓是最佳诠释，他言：“衡量一个人的标准是：在多长的时间里，以及在怎样的层次上他能够甘于寂寞，无需得到他人的理解。能够毕生忍受孤独的人，能够在孤独中决定永恒之意义的人，距离孩提时代及代表人类动物性的社会最远。”

如果要画一幅思想家肖像，首先他是一个陌生人，因为他很少抛头露面，人们多多少少会认为他是一个“怪咖”。他固执己见，有自己的信念，决不随便称许他人，也不服从于主流的意识形态。他待人或许简单粗暴，但某些时候又和蔼可亲。他尊重每一个人，但又显得那么居高临下。他常常不修边幅，因为不愿意把时间浪费在外在的事物上。他时而滔滔不绝，时而陷入卡顿，然后是一阵令他人不堪忍受的沉默。他肥硕的身躯像个炸药桶，里面储藏着威力惊人的能量。思想是个蓄能的过程，有时这种能量会毁灭他自己，有时也会成为他人主宰世界的理念工具。当然若利用得当，就像一项川流不息的水利工程，可以造就后人的福泽。

如此论述似乎有一种假设：作家、知识分子、学者和思想家之间是个递进的关系。思想家也常有这样的优越感，以为自己从事的是金字塔顶尖之事。作家和艺术家都希望得到哲学家的哲学评论，这样一来，自己的作品就高大上起来，似乎与真理相提并论了起来。可笑的是，这是一种错觉，极其想当然。作家、知识分子、学者和思想家之间仅仅是分工、侧重点和所花时间的不同。他们注目的微妙焦点不同，因此其流向也有细微差别。但你怎么评判歌德或者卡夫卡呢？他们首先当然是作家，但其中蕴藏的接近真理的思想，可以说是饱含思想的汁液的。思想家萨特也会创作小说《恶心》，学者钱锺书也会写出《围城》。可以说，“书写技术”是他们共通的领域。写作是他们最基础的工作重心。

这就可以看看我们的书评家本雅明先生，他几乎是一直以写作书评为生的。他连正儿八经的作家都算不上。但此后，人们研读他的长篇幅书评，发现他其实是个思想家。这是个奇迹，“书写技术”到了本雅明这儿，似乎已经是“跨文体”了。批评、洞见和思想交相叠出，却又是散文式的风格。随笔、札记之中，可见思想在自由地流淌，不受任何牵绊。

你尽还可以举出例子，比如蒙田或者培根的随笔。这究竟是属于作家还是思想家的产生呢？或许二者皆具。因为他们的随笔之中，文笔优美、条理畅达，同时又蕴含着思想和智慧的锋芒，使人读之如饮琼酿。

叔本华与尼采晚年的著作已经很通畅了，不再以晦涩难懂示人。叔本华晚年写有《人生的智慧》，这确乎是随笔的样式，真理也不再枯燥，理论也不再使人如坠云雾，这使得其作品具有作家的气质。而托尔斯泰晚年呢，他摒弃小说直抒胸臆，以格言的方式讲述真理，因此有其绝笔之作《生活之路》，其中思想的创见如珍珠一样比比皆是。

思想家以赛亚·柏林则深具知识分子气质，他是最介于学者与思想家之间的知识分子。或者可以说，他完美地将知识分子、学者、思想家这三者的角色统一起来了。无论是他的《现实感》，还是他谈论俄国思想家的篇章，都能让人有所启迪。

但学界却愿意把他看成观念史家，又因其谈论自由的种类和对欧洲政治的批判，而将其看作是政治理论家。这都是没办法的事。

由于个人的气质不同，所关注的领域也处在延展之中，因此一个以“读与写”和“思考研究”为生的作者群体很难定义。他们的共通点是必须通过著作来行世和醒世。

“书写技术”的本质不是一项技术，虽然冠以技术之名。其本质或许可以说是阅读的副产品。书写技术建立在庞大的阅读量基础上，经年累月之后，书写成为一支自动生成的技术力量。为什么将写作称为一项“书写技术”呢？因为掌握一项技术，需要经过“学徒”的阶段。“学徒”做的东西，有时候你挑不出毛病来，但也绝不能称得上好。风格还未形成，质量也不稳定。难度稍高一些，思想稍复杂一些，在字里行间便把握不住。学徒期是漫长的，对于写作者而言，这是终生的困境。他在每锻造一个篇章时，都不免有困苦之心，感觉自己是在一望无涯的空白之上，如同落水者，不知要漂向何处，能漂多久。

因此写作者要常常回到阅读中来，读他人的评论、理解他人的语言、旁观他人的困惑。如果可以，无论是作家、知识分子还是学者、思想家，都可以统称为“写作者”。他们无论是演说、讲课还是提交论文，以及创作文学，最后都要变成论文集和作品集，从这个角度来讲，他们是伟大的“写作者”，继承的是写作的传统。在这个传统中，讲故事变得极其重要。灯火昏黄、暗夜无边，外祖母讲着戏曲、童谣，教人一些做人的基本哲理和伦理道德。这便是人之初的场景。由此而发生演变，写作者成为那个“复述者”。添加变形的技巧、绘声绘色，似乎讲述给他人而实则喃喃自语。这是一种致幻的魔力。有时写作者相信如此可以使世界变得更美好，有时也颓丧地知晓这只是暂时的麻醉与幻象。

克尔凯郭尔对孤独的谈论，
可谓是最佳诠释，
他言：
『衡量一个人的标准是：
在多长的时间里，
以及在怎样的层次上他能够甘于寂寞，
无需得到他人的理解。
能够毕生忍受孤独的人，
能够在孤独中决定永恒之意义的人，
距离孩提时代及代表人类动物性的社会最远。』

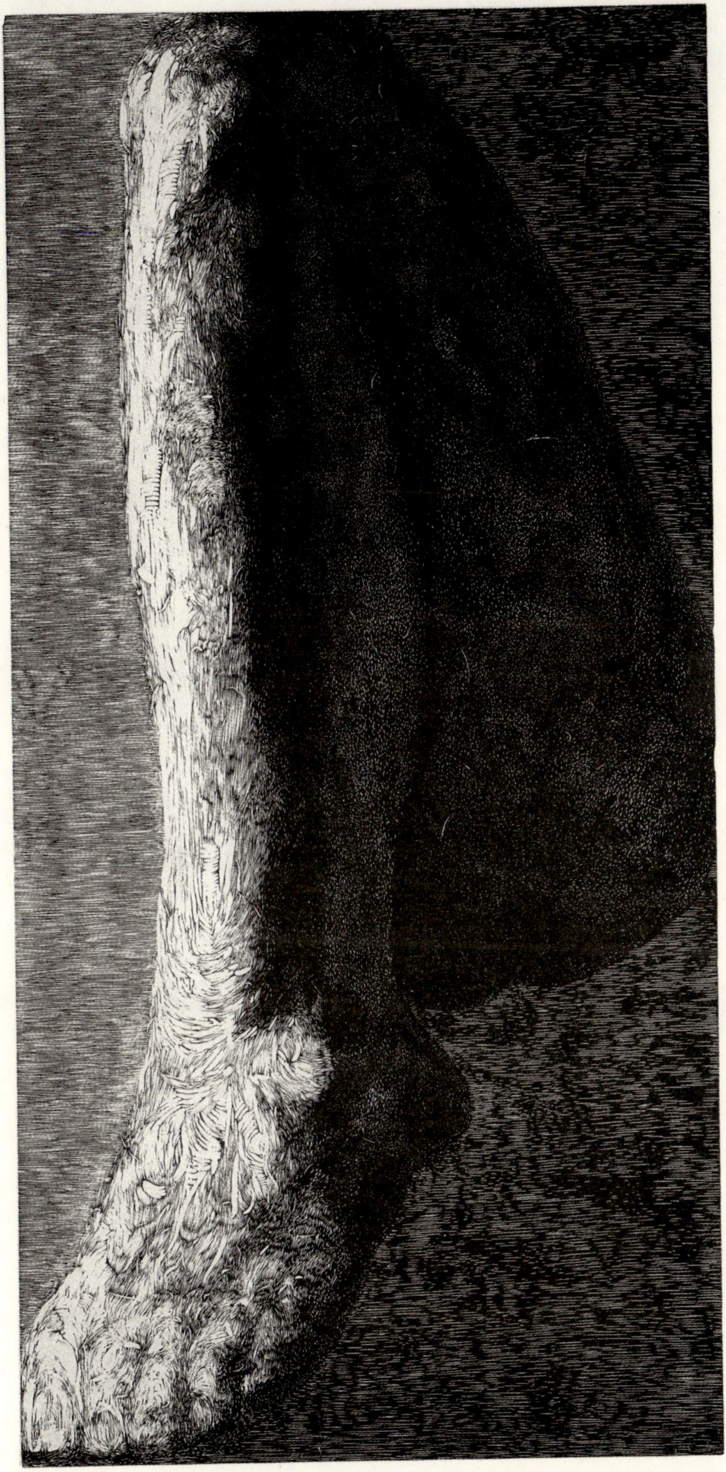

补白

岩松之论每有中的之语。其身心日趋合一，证据有三：少涉商业之举，不谋职场之事，常抱身心之忧。

《菜根谭》云："太忙则真性不现，太闲则杂念横生。故士君子不可不耽风月之趣，亦不可不抱身心之忧。"

白之立论，亦如此中庸。既不激进，亦非守旧。中国的思潮，向来以左、中、右而划分。有右者而后为新左，亦有左者而自命为右。所开药方，大抵来源无外乎传统儒家治理、传统西方治理和现代西方治理。剂量稍过，即为毒药。德国思想到俄国，彼之蜜糖，此之砒霜。

观乎当今，病者亦不知其病，而痛者感

乎其痛。白岩松是那个痛者。痛则生快，快而生感，有感则发。故此，他言语中有语重心长，苦口婆心，合流而不污，心平而意荡。

草原人的某种基因，在他身上沉猛地发作。家国天下之视域，自小就“天似穹庐，笼盖四野”。绝妙文辞，非文士所锻，昔年皇帝请北方将军作诗，脱口而出：“天苍苍，野茫茫，风吹草低见牛羊。”语出自然，一字不移，实乃神授。故白之铁嘴，亦是“气宗”。胸中蕴藉山河之气，发而为金石玉帛之声。故此得铿锵锦绣，如入巫境。

士、君子、知识分子、公知、臭公知、假公知、电视知识分子，不管用哪种称呼，也都是闲名。佛家言“是非名”。是公知非公知，姑且名为公知。道家言“名可名非常名”。可以称为公知但不是常说的那个公知。

所指和能指，非心下能契者，又向何人说？

无思

吴思是国师。态度谨严，出语慎审。

但又和蔼。望之则俨即之则温。士君子之风，到吴思这儿，是个奇迹——道统未断。

吴治政治史。语多创见发明。潜规则揭官场定律。血酬揭市场定律。往年我出刊，每年请益，所获良多。近年疏懒，恒无一学，抱渐而不敢面谒。

世态世情，每况愈下。九龙治水，跳蚤遍野。为龙谋乎，为跳蚤谋乎。不关心三农问题者，不懂中国真正问题。城市病已凸显，农业病还愈沉。吴思还在励精，只是不知图治者可还有？

吴思是原创型思想家。其用语精当，逻辑清晰。中国缺这种理性思维的思想者。他对现象、趋势、流变的总括，往往能发陈出新，令人服佩。如“合法伤害权”，每当大国企收购小煤矿，每当新令之颁布，每当摇号或收拥堵费，我微微一笑，吴思的“合法伤害权”又贴了一道醒目的新疤。

有次约饭，终局问他，你怎么走。他淡然，我有车。目送他推出自行车，施施然远去。

而学界传他，炒股高手。故事是其友落魄，在他授意下，于股市攻城掠盘，财富翻转。这故事我信。因他的理性精神，不为贪欲所惑。

吴思是隐士，大隐隐于京城。国非无栋，奈何私欲障目。

丹 心

那几年，和丹青先生私交最笃，造访最多。

他识见好，因此通透。阅人断物，无不句句精辟。行事又有古风，厚道而易感。

他是属于那种看了烂片也会被感动得哭的人。然而由于言辞犀利，他的温柔敦厚的那一面，不大为公众所知。媒体所见，也俱是一个“狐狸型”加“刺猬型”的陈丹青。木心说一个人要看“头脑”“才华”和“心肠”。大众看到的是头脑和才华，朋友们看到的则是“心肠”。

丹青有一颗丹心。他处处委屈自己，这是旁人未见的。在木心的事情上，他为了哄木心回国，为了给木心一个晚年，为了传播木心的思想，尽费周折，以身为梯，此种情形，外人多有不解。而他只是执一个弟子之礼，尽心即礼。

于他则不觉得委屈，自自然然、高高兴兴。敬上而又携下，被我等晚辈拿来当“虎皮”，也不是一回两回，皆无怨言。

马一浮说学问是涵养、察识二端之事。丹青察识好自不必说，涵养也是好得惊人。和他说话有个技巧，先批评他，立马能受他的青睐。假如怒斥他，一定会被奉为上宾。有胆识者不妨和他过招时用一用。

人最怕见底的时候，所谓见底，就是穷尽其器量之长短、大小、深浅。

凡是见底，则此人已无形可遁，尽皆显影。知道自己的底而要藏住那个底，则行事虚伪，装腔作势，这是今人的通病。

我跟丹青先生的交往，未见到他的底。或者说，他的内里只是纯真，世故江湖的那一面，只是包浆。

嗟 世

世存是个读书人。我近年来不去投机取巧，不去做热闹营生。是跟他学的。

一个人首先要静下来，才能进入读书的状态。但常人多俗务缠身，安身之术易，立命之学难。世存这方面是个楷模。

他不在体制内，没有生活来源和保障。于此困顿中，得颜回学乐。研究经史精义，成一家之言，著作又集腋成裘，蔚为苍莽。生活面貌也因之有翻转。

有一种隐士，隐于书斋。这是我最向往的。有一种江湖，不用真去行走；有一种山林，也不用真去划地为牢。心到，则境到。世存之高明，在于陆象山“辨志”思想，持志不渝，故能早早找到自己“天命”，不曾走弯路，少有试错。

这种发自生命内核的“自觉意识”，何其珍贵。因“自觉”而“践行”，因“践行”而“朗照”，“士”或曰“知识分子”的形象，在世存身上定格。

他的情感又是率真的，忧世伤怀、赤子其心。这种情感的流泻，使学问有温度，让人心有慰藉。其字里行间，处处有楚辞的血脉。我见过他动情处哭一回两回，情感的饱满，也是生命汁液的丰沛。

我曾有诗送他，名曰“存世何所嗟”。找找看，竟然找到了：

存世何所嗟，存世何所嗟

野菊清肝胆，家族绕云歇

国父无人继，慈母有言诀
士心当立命，不与为人爵
贯易通经络，非常道里悦
七月又连理，双鱼更同偕

破冰

徐冰的名字，太普通。但徐冰让这个名字变得不普通。

他有一种思维方式，是一般艺术家不具备的。因此，应该好好看看他的大脑沟回是怎么长的。

我曾言他是“左脑毛泽东，右脑科学家”。他是毛泽东思想下成长起来的人，节俭、勤奋，相信“为人民服务”。他又有科学家的探索精神，总想把一个东西弄明白为止。弄明白了，再去琢磨下一个。

他善于琢磨，总在琢磨。这是他的思维特点。他在作品中，打上了辨识度。他总是将情感降低为零度（有点像零度写作），把思维的乐趣提升。他的理性、理性上的逻辑和直觉，令人吃惊。

但是他的作品有时会流于怪异。那些宠爱他的人，不曾讲过，也无视如此。当然，这样要求一个伟大的艺术家，无异于吹毛求疵。他的天书是好的，但同时也是怪异的。他的英文方块字是好的，但也是怪异的。他的凤凰亦如此。

而他的《何处惹尘埃》或许是他最好的作品。没有怪异，并不生硬，堪称完美。他的《桃花源》，我要直截了当地说是失败的。真想和他再长谈一次。

不要崇拜徐冰，这是我对年轻人的忠告。崇拜本身是危险的。但你们要去揭示他的思维方式。尽管他不认为铃木大拙或禅宗对他的影响有多大，但他处处露出的机锋还有他对“机”和“智”的运用，实在是不能轻信他轻描淡写的对自己所受影响的否定。

只有在生活中乏善可陈的人，才会在作品中呈现出丰富多彩。因此我们必须过一种自律的、规律的、千篇一律的、枯燥的、近乎苦行的生活。

头陀

江湖人称“陀爷”。你可以不同意他的观点，但你不能不受他感染。

他一定不喜欢我，因为我老是与他争辩。

“一个有缺点的公民”和“一个有优点的罪犯”是我用来与他置辩的借喻。此时，他便语重心长地说：赳赳，你回去要多读些书。

陀爷有一种能力，他很能影响别人的思想。细一究之，他有那种抬头看路的方向感，他也很能使人产生一种使命感。故此，他述而少作，一不小心，他的思想就植入到你的思想当中，而你浑然不觉。

我此前的出书也是他的带动。他说，写书也是个过程，先出一本，再慢慢完善，会一本比一本好，但是要先开始这一步。

与陀爷讨论思想是一种享受。他总能从宏大命题中，提炼出他的认知、他的问题。他也对他不熟悉的领域充满好奇和探究。正是由于他强烈的好奇心、率真的好脾气和始终在规模宏大的学问体系中爬梳的缘故，他无限期推迟了自己创作和写作的可能性：一个又一个未知的、未解的事物吸引着他，也消耗着他。

或许他才具有学者的本色：学而不倦。而他的作品则透过一些行业精英的手去达成。更准确地说，他的作品就是那些与他交谈的、受他影响的人。

这是一种“作品意识”。“作品”通过“意识”的传递已经改写了“代码”。而这或许是陀爷自己未曾想过的。

怀 玉

道玉先生八十高龄时，我去访他。

所有问题的回答预先写在一张纸上，一边讲解，一边对照，有条理、有论据、有事实。

他是中国的大教育家，但“君子无罪，怀璧其罪”，披褐怀玉者，罪在自性光华。

道不同者，尘归尘，路归路。

“大学城”的建设、大学产业化的成败，交由后代去讨论。作为反对派，道玉先生的现状则是身退心不退，书斋生活中，依然潜心创新型教育的研究工作，所有著作，皆有前瞻之卓识。与之论谈，话语多道义、多因材施教的教义、多睿智。

他当得起“正人君子”四字。

“大学已死”是媒体论断，也是学界潜在说法。树烂烂根，大学之根基在学术第一。如若学术放在第二的位置上，大学之道已不存矣。大家心里可以数数，目下学术排在第几的位置。

正者，政也。大学校长，学政之首。学术放在第一位是最大的政治。这就是为什么西南联大在炮火连天的战乱中，依然要放下一张书桌的缘故。不把学术第一放在要旨之位，恐怕将来都会成为

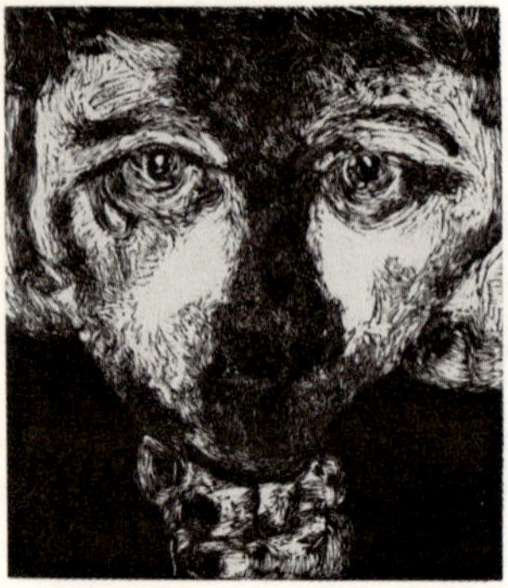

历史的罪人。

但道玉先生是个活化石，活着已经成为完人了。他是个平凡的教育家、平凡的圣人，他超凡入圣之途的要诀非常简单：坚持真理。

每念至此，不禁想到中国的可爱，在于有这样具有人格魅力的大学者。吾人若不奋发，则抱愧于前行者。

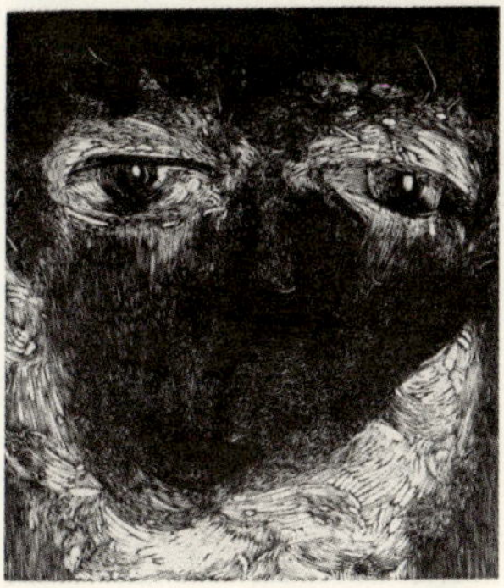

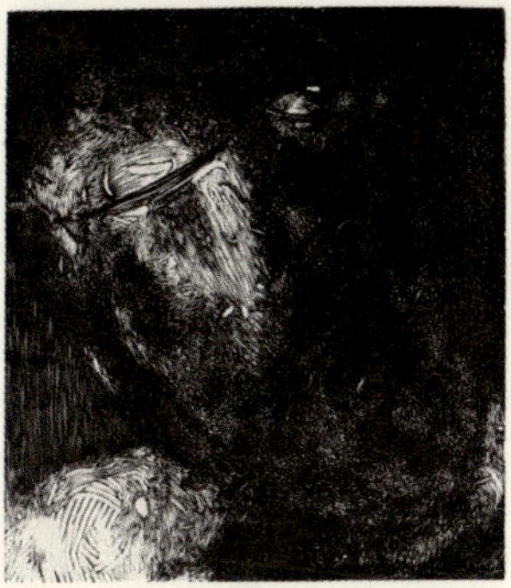

诱惑、迷惑都是惑。
惑不是因为匮乏，
而是因为选择困难症。
所以反而是鲁钝者，
并不去选择，
终于却成了大器。

论福柯

从启蒙主义以降，百科全书式的学者已经鲜见。福柯或许是最近的一个。他首先拆除的不是“社会的权力”，而是“学院的权力”。事实上这是一座等级森严的堡垒。精英式的学院思维已经不适用于“民主”，“代理人制”控制了“文化资本”。福柯的出现则打破了这种禁锢，他使学科之间的壁垒遭到了瓦解——他不是从意识形态出发，而是从文本和对社会考察的游走出发——我们无法认证他的学问谱系来自于某一种专业性的知识,而他正是因为对“谱系”有严重的情结，他不满于现有的思维程式，无论是尼采的超人意志，还是结构主义对他的归类，甚至对于“现当代的社会主体性是如何形成的”，他想作一周密而微观的考据。这些思想性洞察承接于欧美所在的存在主义式微的背景下，对于两次世界大战、法国大革命和纳粹幽灵的反思，使得福柯对于“权力”有深刻的认识。

“权力”表现在“社会机器”的自动运行上。正如“公司治理”中，所有人服从一种“制度”的安排，“制度”绑架了投资者、CEO和员工。一旦“制度”确立，相当于电脑安装了一个自启动的程序，这个程序越壮观，越不受个体或集体的左右。假如要干预它，就需要一种破坏性。而这种破坏性相当于一个修正或破坏的新的程序，也就是说需要一个新的“制度”对旧有制度进行“规训”。研究“权力运行”的福柯自身构成了一个新的“权力”。

也就是说，他在“全景监狱”（边沁语）的运行中，设置了一个新的对于“全景监狱”的“窥视镜”。他洞见到恐惧和不以人意志为转移的权力运作体系。因此他扩大了考察“边界”，预想了“空间”的立体模式，来看社会学、思想史如何噬吞和挤压人与人之间的权力下限。在监狱，在麻疯病院，旧有的权力运作模式从流放、没收、体残发展到人身限制，并且以耗费体力作为惩罚手段，而这是培养团伙作案和加深自我否定刺激的模式。“权力主体者”在“社会主体者”之外，创造了一种心理结构模型：监控、惩罚和适当松懈，与希腊希伯来文明的“牧人－羊群”的体系是一脉相承的。也就是说，从人类思想起源来看，对“权力”的热爱具有普适价值：对君主意志的考察，其中的共性远远大于个性。除非君主将权力粉碎而自我解体，但问题又来了，必有下一种权力运作模式来填补此后的真空。

福柯构建了一种思想权力，问题是谁来填补他留下的“权力真空”呢？他同时在众多领域开动思想机器，其结果是他对现有知识谱系的破坏力是巨大的。他使高等学院教育深刻地认识到，种种对知识谱系的划分、专业性的建构努力，脆弱而不堪一击。福柯是一个病毒，正如格林所言“一个自行发作的病毒的病例”。福柯所作的种种努力（努力是权力的一种个人化象征），基于对“身体”的敏感和“不适”。由于他的性向需求，有某种社会挫折和“强制性非自由”及“隐秘的快感”，这种快感是“逸出”于社会规范之外的。而对于快感的权力又使他意识到，“快感”是一种人人可以享受和感知的模式。“享乐”和“痛苦”这样一对文学性的冲突同时存在于他的学术生涯中，他的意识既凝视于一般知识分子所关注的重大问题：社会、知识和权力；同时他又游离出来对审美、文学和哲学研判抱有意识沉溺的下沉决心。

因此福柯是罕见的离经叛道者，他向四周放射火力，而这一切基于身体作为感觉器官的发作。

西方理论中种种关于知识收纳功能的“抽屉式”分类都是情非得已的。必须要将对一个思想家的考察，纳入到某种程式中，如此才有艺术史或思想史。也就是说，福柯必须在一个流派当中，如果无法归类，则言语无从置辞。所以他要么活在存在主义以后，要么是前期结构主义而后期后结构主义。要么他是尼采和康德的继承及反动者，要么他是一个“权力学派”或“谱系学派”。或者，他是法兰克福学派的一个置疑镜像。但是，福柯终其一生全然未曾想到，他是如何在权力运作体系下成为一个偶像式思想家的。

权力总是倾向于巩固权力，因此，权力对于异端要么干掉，要么吸纳为己所用。显然，福柯在文本和思想之间形成了一种异端的权力。而这种权力是经院式学界一直批判、打压而未果的。因此，文化权力必须或者说不得不吸收福柯的思想，他最终在法兰西学院中以 25 票当选院士，而反对票则有 21 张。福柯生前的学术抱负并非一帆风顺，恰恰是充满了不理解和排斥。这是权力自身所带的一种免疫机制。从最初的“排异反应”，到社会思想体系对其的完全接纳，并奉为正宗。可见“权力”的运作无处不在。

福柯的破坏力由此成为一种“修正程序”。他修正了社会运行的某些轨迹。除了增加视野的深入程度之外，还增加了对固有历史走向的反思，他松动了某些刻板的机械性认知，他不仅仅是提供了一种视角，他还贡献了一些可以阐释事物的“概念”——尽管对于“概念”的难以统一已经造成了思想上的混乱，而对于“概念”的“误读”则是第二道混乱的瀑流。

但是，并不能认为福柯是具有绝对性真理的思想家。他不是那种构建体系大厦的思想者，他是那种具有“挖掘”和“洞见”能力的艺术家。越来越多研究者认识到，说福柯是艺术家比说他是思想家更准确。福柯的文本艺术和思维艺术是高超无比的。他在语言、意识、思想领域内具有无比纤细和幽微的洞察能力。当你刚刚认为能抓住一些端倪的时候，他又游向滑行于别处。他对“建构”有一种“穿越”的本领，这是其他学者难以企及的。而这也显示出他的破坏力非凡。他探针式的游走，用微观手术的方式，显露出他科学般的精确的位移。

正是在一种具有非凡哲思的“整体式主体”的把握下，福柯意图将“社会主体”作为“全体”和“自体”的一如来考察(他称为“全体”与“单一”)，而“全自体”（整合心理学家威尔伯语）在福柯的研判之下，权力机制在局部呈现出一种漏洞百出的运行，但在整体上却又是浑然一体的完美演出。个体的“漠然”“无情”对应着全体的“无人负责”。权力和主体之间存在的不是真理，而是一种深深的社会现实问题，没有一个人能宣称或敢于承担历史的纵深走向。无论是在福柯设置的“真理轴心”“权力轴心”还是“道德轴心”，他将自己放置到一个由若干文本并置和叠加的思想史迷宫之中，他必须向他人阐释他的文献价值，而他将此归结于“谱系学”。

他的文献因此呈现出“述”和“作”的两种风貌。在文化符号学中，“述”是神圣作者观（天启），而“作”是所有者作者观（著作人所有权）。他的访谈当然可以归结为“述”。但除此之外，他写作文本中的希腊源流、柏拉图和苏格拉底的典故及神话的梳理放大，亦是“述”的一部分。在“述”之中，一个清晰的福柯隐现其中，文字流畅而优雅，即便在他转述经典作家或同时代大师的评论时，这种风格依然令人激赏，处处能让人联想与本雅明等量齐观。而在“作”的那一部分，福柯有意识地将思辨力发挥到一种常人无法高企的地步，他出入思想者的领地，将日常之物（常常是物的关系）、将抽象的社会变成一种具象之物来考察，这时他不仅扭曲了时间，也扭曲了空间，他同时也扭曲了他所谈论的客体，他扭曲了为数不多的康德和尼采。此时他的风格是“抽象表现的”，这倒与同一时期的美术家如出一撤。

而余年中的福柯则意图回归到哲学家的本位。他的智性更多地向先贤大师们的“修身”（单一）出发。他考察的兴趣点不再是社会性整体性地进进出出，而是回到“道德”“伦理”这一课题上来。这就是他的“自我技术”——他终于将散落的目光收回，研习“自我成就之道”。他从古希腊的智慧“关注你自己”那里得到了心得。假如说“认识你自己”是目的（效用）的话，“关注你自己”就是方法（功夫）。这与东方理论中的“念起心觉”（释家）、“返观内视”（道家）、“返求诸己”（儒家）如出一辙，同出心源。

至此福柯从一个“坏小子”变成了“修炼者”，但显然他顿悟得太晚。他给思想界留下的庞大遗产复杂而难解。其中所体现的“意识的深邃”常令人有目叹空花的精微之感，而在某些时候他又将文本作为其“语言游戏”的一部分，他自己身陷其中不知所措，他缠绕于自己所书写（自动书写）出来的语言繁殖机制。

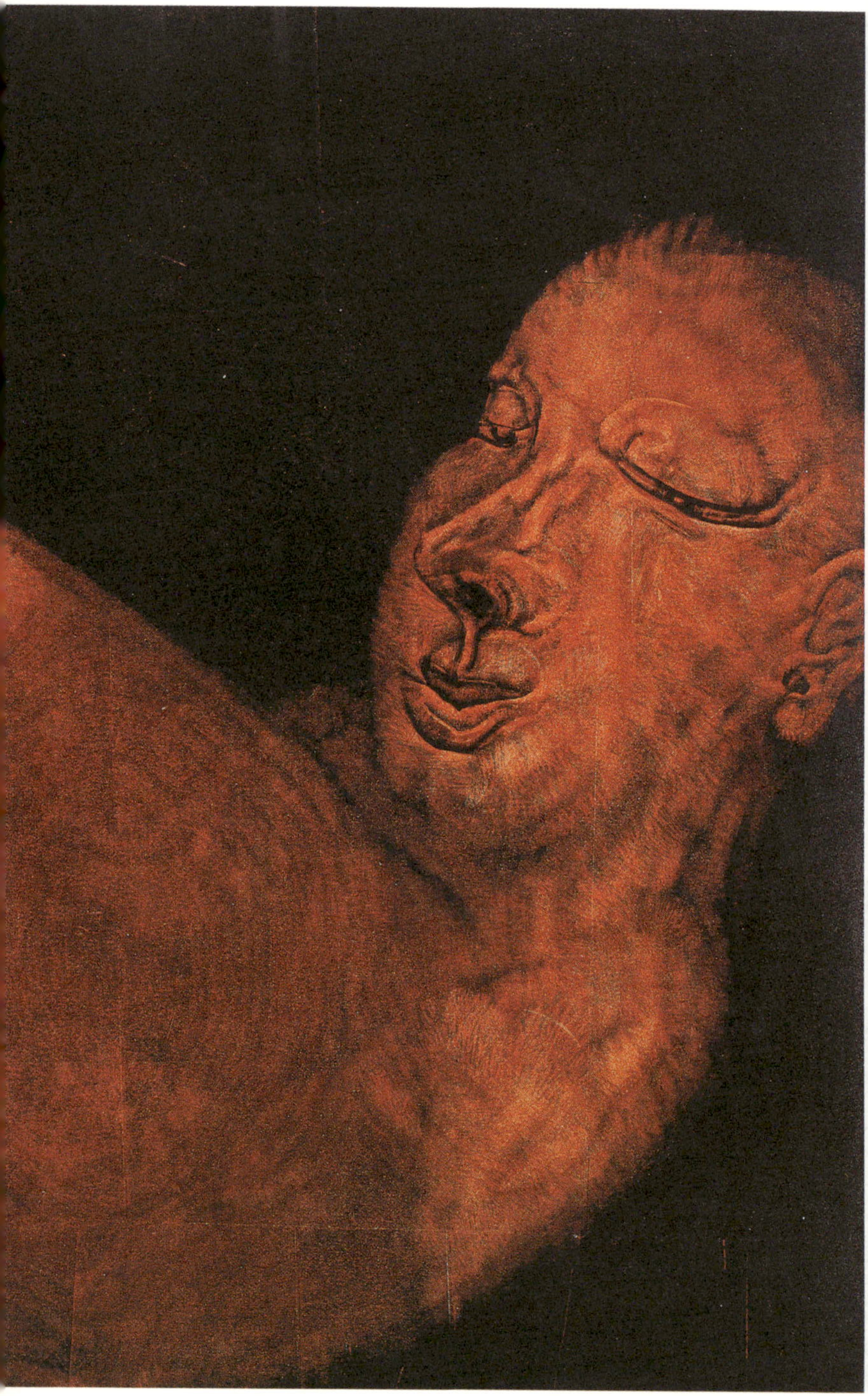

他的确具有一种前所未见的“风格”，“他自己生出了自己”（汪民安语）。如果要将风格隐遁、退隐于超然物外，这样要求福柯是显然不可能的。因为他对形式语言、对美学有他近乎苛责的追求。他深知作为一种哲学作品，这种饱含个人意识的信息将会对世界产生怎样的影响：一类走向平实，一类走向玄奥。福柯是属于后者。但这种两分式的思维方式同样满足不了福柯的口味和思想的丰富度，因此，他的文本呈现出龙性难驯，他和他的思想注定要成为某种经典和传奇。

如果试图把“福柯”作为一个“主体”来研究，那么究竟什么是福柯呢？“福柯”首先是一种提出问题的方法，在旁人麻木或无动于衷之处，福柯生产出一个问题，这个问题可能并不构成一个问题，或者此诸问题仅仅是一个路标，然而路标的树立给沿途视若无睹的风景带来了“陌生感”。这或许是一种“外星文明”的思维方式，到哪里都感觉到新奇，感觉到问题的出现。正是藉由这种“陌生感”，福柯延伸到常人不及之处——他可以探讨那些被人们称之为“约定俗成”的问题。

其次是福柯对“陌生经验”的处理。他的处理方式是诗意的，或者说是艺术的。他任由其灵感的闪耀和跃入。他只需引入他的“凝视”理论即可。因为“凝视”，他发现自己可以写出未知的部分，他的原话是“我忍不住梦想一种批评，这种批评不会努力去评判，给一部作品、一本书、一个句子、一种思想带来生命”。而“凝视”于他，首先不是权力运作，不是凝视与被凝视建构起来的社会关系，凝视是他与“超级写作”之间的“共谋”和“召唤”，是他对周边过于“敏感”而发生的一系列“不适”的回荡。

当然，人们损失了一些福柯。这个损失的福柯是他内心的独白。他始终未曾以“主体”降临的方式来“说真话”，尽管他有为数很多的第一人称作品。但整体而言这种剂量是小的。而且在作品谱系中，研究者极难把握福柯的风格多变——他似乎总是隐藏在词与物背后说话，或许这需要靠一些旁证和补充——假如《福柯反对福柯》这样的纪录片或汪民安式的事后影像追访能够成立的话。

再次，要提到的是：福柯之所以称其为福柯，他之所以被如此“形塑”，他的主体性确立和其文本生产之间的关系如何通过权力运作的方式去在世界范围内发生影响——对此的考察同样涉及“谱系学”，这种“谱系学”可以追踪到福柯是如何“生产（产生）”的，以及福柯是如何“生效”的。

福柯的来源问题有一个简明的答案，他的年谱和生平是很重要的研究资料。如果再加上一个空间轴：他的时代背景和同时代的交往；以及一个时间轴：他受历史上思想家及学说的影响——人们可以得到一个心满意足的福柯形象。然而这样以来，并不能解释福柯的产生。他的叙事方式并不包含在这个系统之内。也就是说，你可以解释一个婴儿的分娩，却未能解释其“变异”的形成。福柯作为一个主体，作为一个现代性之后的“修正程序”，为什么是由他监控着权力的运行？紧接着的问题是：当监控权力运行成为一种新的权力时，谁又来误用、挪用或冒用，直至将福柯再次“变异”为新的时尚、运动或赋权？

因此福柯的“生效”是一个正向作用和负向作用“并行而不悖”的问题。福柯的破坏力正在于他把“知识”进行了重新“整合”和“编码”，创造性地发挥了主体性的见解，他据此正在形成（完成）由人及物的“社会塑造”。这种思想性的形塑从学院内部偶像到大众媒体高标，可谓一路披靡。

但作为一个智者，福柯思想的火焰在晚年趋向于平实和回归。他更像是个古典时代的智者形象，他经历过绚烂而有毒、刺激而浓烈的学术爆发期，他变得苏格拉底化或柏拉图化——哪个阶段才是福柯的主体呢？

现代性以后的路途充满了未知和风险。一方面是技术（包括自我技术）的边界在加速度迭代，另一方面愚蠢的偏见充斥着思想市场：主流正确而陈腐；异见偏诞却令人兴奋。“社会主体”癫狂，而“生命主体”进化得很慢。福柯也不够用了。回视福柯，人们会说当年的异端原来是一个“新古典”主义者。冷战之后，精英主导着正确的价值观，认为自己代表着“主体”和“权利”，于是“主体”变成了福柯并不乐于看到的“既得利益者”。而那些被抛弃的落后国家和落后阶层，似乎堕入了一种任其自生自灭的状态。然而“既失利益者”的“野蛮生长”和“反抗”，使得国际价值观的天平开始倾斜：英国脱欧和美国大选使精英们意识到“主体”的失落。

然而，福柯的勇气会一直照亮在那里：如何提出问题，如何用主体性来寻求价值判断，如何将批判变成一种自我技术——当你意识到问题的存在，那已经是一种抗争。

启蒙主义的遗产在西方已经快用完了，但在东方恰恰还在反复争夺之中。这是百年中国的一个大坎陷。启蒙主义必然导致一个精英阶层的崛起，处处可见这个阶层所创造的文明价值和时代成果。但是无一例外的是，愤怒的不满者是那些未享受到公平正义的底层小人物。他们虽然也享受到公共福利，但精英的目的仅仅是让他们安于现状、免于造反。“维稳”是冷战思维的延续，也是对抗全球性系统风险的条件反射。

事实上对法西斯主义尚未来得及进行更加深入的批判，福柯就已经遭遇到人生中“主体性的丧失”。在思想最成熟的时候，他的身体背叛了他。这不仅是欧洲的损失，那么多意识前沿尚待推进的工作，就这样失去了一个最好的捕手。

他的光头形象，他锐利的眼神，还有那种神经质气质的面貌，无一不刻画出此人是一个“刺头”。但这个形象又是光辉的，如同所有闪耀着性灵的思想家一样，他代表着欧洲思想界所能达到的最高水平和最高意识。

但是福柯依然极大地俘获了中国学者追求学术时尚的决心。三十年来，关于他的翻译、出版和研究，一直是中国学界和知识界的热门话题。大众媒体用他来分析性和社会学模型，作家用他来装点门面，学生们用他来拿学位。这是中国学界的现状，靠着生吞活剥的晦涩翻译和支离破碎的敲打贩卖，中国用三十年的时间同步了欧美的三百年。

但是中国的“主体”却丢失了。福柯要在中国找一个思想力匹敌的同道，竟变得遥不可及。这也是为什么每每过来人感叹，中国的哲学家尚未取得世界范围的影响，中国的思想力对世界的推动靠的还是一个老子。

然而对中国的“主体”性研究可以发现：这种逻辑是难以自洽的。因为中国的“主体”不能用西式的眼光去考量。中国学术的“主体”意识不是测量世界的宽度，而是生命的深度。如果从圣贤的出产率来看，中国不亚于西方的成就，甚至于在伦理学、生命哲学、自我技术等方面，中国的主体并不需要外在或他者的承认。

因此可以和福柯相提并论的思想革新家，并且同样具有破坏力的，从比较哲学的角度来看，中国的新儒家群体当仁不让。时代相近的熊十力无论从思想意识的深入程度上，还是原创能力上，以及文笔的优美和知识的渊博上，都是可以与之坐而论道并不逊色的。

尤其是在福柯的晚年，他苏格拉底化以后，将“关注你自己”提到了一个无以复加的程度，而这正是“自我技术”中东方智慧与之相通的一块领域，惜乎在这个领域中，福柯尚未来得及有更多精辟的发见和心得，关注外在的社会结构和在各类思想文体中穿行，已经消耗了他绝大部分的人生精力。

福柯作为一个主体，最后行使了破坏他自己的权力。他对快感的运用深有体会，这决定了他选择了“知”与“行”分离而“知”与“真”合一的道路。欧洲的知识分子从此进入了一个低落的平庸的时代。

——至少的他的“风格”是后继无人了。

二〇一六年十一月中旬于若谷楼

论波德莱尔：世界行将终结

对于今天的诗人而言，谈论波德莱尔（1821—1867）或许已经“过时”或者“落伍”了，为什么不呢？他诗歌中挚烈的情感、扫荡式的姿态、喷薄而出的浪漫元素如今已经“不时兴”了。尤其是他诗歌中通篇的感叹号，简直要使人把他打进冷宫。显然，浪漫主义害了他。

今天看来，浪漫主义可以约等于幼稚主义，华而不实、哗众取宠、故作姿态、矫情忸怩，当然实在可以理解，当现实中的人们想过一种表演式的戏剧人生时，便不免产生了浪漫主义。而浪漫之物往往需要象征品，于是又发展出了象征主义。事物不再直抒胸臆，而是借助隐喻或投射之意义，来进行发生学的抒情。波德莱尔以恰当的年龄，出现在这样一个时机当中。他渴望如同爱伦坡（1809—1849）那样，同时拥有“阴暗”与“冷峻”。可惜的是，他学会了表达阴暗面，但对冷峻的文风，却实在是差强人意，毕竟有浪漫主义的时风在牵引，他并未为之冷峻下去，而总是表现出激情的热力。

而“冷峻”则是“现代性”的开端，因为冷峻意味着理性和审视。一个自我审视着另一个自我。只有抛弃了浪漫主义，现代性才会从浮华走向日常，从想象、夸张走向现实——同时面对美与丑，以及将丑陋的一面赋予诗性。

所以可以看清楚，在诗歌的内部，现代性是通过“爱伦·坡”到“波德莱尔”这一条脉络逐渐传递出来的，直至影响了后来的马拉美、魏尔伦和兰波。也就是说，歌德和巴尔扎克他们都错过了什么。他们毕竟错过了什么。而波德莱尔遥感到了某个历史的拐点，他作为一具受难的躯体，敏锐地感知到有些东西要发生变化，历史不一样了，文学理念和美学理念不一样了。先声或曰先知，往往具有这种遥感能力。一如波德莱尔对现代性的定义：“现代性就是过渡、短暂和偶然，是艺术的一半；它的另一半是不变和永恒。”

而其现代性真正的展开，要等待本雅明对波德莱尔的充分论述——什么是都市感，什么是性感而迷醉，什么是最后一瞥，什么是闲逛者和游荡者。正是波德莱尔这一“浪荡子”的经典形象，使其立足于巴黎文学圈，成为一个众矢之的和一个恶魔式的诗人。即便今天凝视波德莱尔的照片，你也不得不承认，这是一个阴郁的、具有青春期颓废气质的诗人。

“浪荡子”可以作为波德莱尔有限生命的总括。他人生的路径本可以成为一个顺才而不是逆子，然而，在他少年时期就表现出了一种意志，面对强权而不屈服的独立意志：他由于拒不交出同学传递的小纸条，而被学校勒令退学。这是他与世界发生的第一次碰撞，这虽然是一个细小的事件，但其阴影面积却巨大而弥漫。可以说，自此以后，他能看到丑陋的但却真实的事物，这同样也是世界的本质，并且，这种丑陋但却真实存在的力量是无比巨大的，然而人们却选择视而不见，活在一种自欺欺人的假面道德之中。《恶之花》可以说是青年的作案，亦可以说是少年的动机。

此后，他退学，转学，并且放弃了已注册的大学法律系就读资格，想成为一名作家。反对的家人送他去外国作长达两年的旅行，而他仅七个月就中途返回来，自此在巴黎过着游荡的生活——这正是他又一次主动的放弃与选择，他从不屈从于他人的意志。

幸好，写作是他的专长，于是艺术聚会及沙龙也少不了他的评论，借此，他也逐渐确立了一些诗歌的名声。他唯一的堡垒就是他对文学与美学的理念。当然，在最初两年，他也散布了大量的金钱。十分幸运的是，在他进入成人的岁月里，他意外获得了生父的遗赠。于是他将十万法郎中的一半挥霍殆尽，这至少给了他进入圈子结交卓异之士的基础。

而此时的巴黎，可谓是时局动荡与改朝换代的中心：一方面现代生活的诱惑对一个青年的吸引力无处不在；另一方面，多次革命正暴露出更大虚弱——没有人敢于正视必须正视的现实陋习。

在波德莱尔的人生当中，政体变化迅速，青少年时期是路易·菲利普的七月王朝，成年后又经历了拿破仑的第二帝国。

历史学家将会这样描述波德莱尔时期的法国巨变：当他出生时，法国正处于复辟时代，波旁王朝恢复王权，但王朝的最后一任国王查理十世在1830年丧失了王位，当时的波德莱尔才九岁。

同年7月，法国迎来新的皇帝路易·菲利普，他不再是法国的国王，而是成为法国人的国王，他的王朝被称为“七月王朝”。正是在这个时代背景下，波德莱尔接受教育并觉醒了文学意识。

波德莱尔其实非常厌恶七月王朝政权，在整个政权统治阶段，他内心十分痛苦，以至于拒绝服兵役，甚至为此入狱。

1848年，法国再次发生起义，由左派人士主导的共和派推翻了七月王朝的统治。二十七岁的波德莱尔特别高兴，他配备了手枪和武器，上街加入了共和党起义的军团。这份兴高采烈不仅出于对政权的厌恶，也出于私人恩怨——他想借机推倒身为七月王朝联盟军将军的继父。

在1848年革命之后，法国的政体转变为法国第二共和国。在此之前的第一共和国，是1789年法国大革命时建立的。第二共和国只维持了三年时间，在1851年，拿破仑又发动了起义，推翻了第二共和国，成立了第二帝国。

那么，波德莱尔的“信念”究竟是什么呢？他自豪地拥有的“某些信念”并非政治信念，而是道德信念。在《迸发》的篇章中，它得到了强化和阐释：

世界行将终结。世界还能延续的唯一理由是它存在着。这理由是多么脆弱，只要对比一下那些与之相反的理由，尤其是这个：从今而后，这世界在天空底下有何作为呢？——因为，假定它以物质形态继续存在，还会是一种名副其实的存在吗，还与历史辞典里的名字相符吗？我并不是说，世界将退缩到南美那些共和国一样得过且过，可笑的混乱，并不是说也许我们将回到野蛮状态，手执枪械穿越荒草丛生的文明废墟，去寻找我们的牧场。不，因为这样的命运和历险依然是以某种生命能量为前提，那是来自远古的回声。作为严酷的道德法则的新样本和新牺牲品，我们将从自以为活着之时开始消亡。机械将把我们严重美国化，进步将在我们整个精神层面严重萎缩，以至于空想家们那些血腥、渎圣或反自然的梦境都无法与这般卓有成效的后果相比。我恳请所有思考者向我展示生命中继续存在之物。至于宗教，我觉得多说无益，也没必要去刨根问底，因为在这些方面，不懈地否定上帝已成为唯一的热点丑闻。财产所有权已悄悄随着长子继承权的取消而消失；但那个时候必将来临——人性如同复仇的饕餮怪兽，将夺取人们以为从革命中合法继承的一切直至最后一块肉。而且，这还不是最糟的。

人类的想象力能够不费力地设想出一些共和国或别的共同体，如果它们受到圣者或某些贵族领导的话，将配得上某种荣耀。但普遍的毁灭或进步——名称丝毫不重要——并不会特别表现在政治体制上，而是表现在人心的堕落上。我是否有必要说，政治剩下的那么点东西在全民拥抱的兽性中艰难地挣扎，而统治者为了维持下去并建立起一个秩序的幽灵，不得不奔忙于各种手段之间，我们现在的人性虽说已如此冷酷无情，也将在这些手段面前不寒而栗？——于是，儿子将逃离家庭，不是在十八岁，而是在十二岁，因贪婪的早熟而挣脱束缚；他逃离家庭并非为了寻找英雄般的历险，并非为了去解救囚禁在塔里的美人，也非为了用崇高的思想去让一间阁楼永垂不朽，而是为了做生意，为了发财致富，为了与他臭名昭著的父亲竞争，他将创建一份报纸并成为它的股东，这份报纸将传播光明，将使人们把彼时的“世纪”看做是迷信的帮凶。——于是，那些流浪的女人，那些各社会阶层之外的女人，那些有过几个情人、有时被人称作天使的女人，她们理所当然地轻率冒失，并感激这偶尔闪现的灵光，在她们像恶一般合乎逻辑的生存中，——所以这些女人，我要说，她们将只会变得冷酷而明智，除了金钱，她们谴责一切，甚至谴责“错觉”！——所以，与道德相似的东西，我要说，所有对普路托斯没有热情的人都将遭到广泛的嘲笑。正义，如果在那个财富时代还可能存在正义的话，将用来查禁那些不懂得发财的人。——你的妻子，哦，资产者，那是你圣洁的另一半，她的正统性将为你吟诗赋词，从此在合法性中引入一种无可指责的卑鄙无耻，成为你的保险柜警惕又多情的守护者，而她无非是由情夫供养的完美典范罢了。你的女儿，到了适婚年龄还幼稚无知，她将在摇篮里梦想着自己身价百万。而你自己呢，哦，资产者——将比如今的你更缺乏诗意——你将找不到什么话说，连悔意都没有。因为人身上的某些东西，随着另一些东西的消弱和衰亡而蓬勃壮大，而且，由于时代的进步，你的腹中将只剩下内脏！——这样的时代或许已近在眼前；谁又知道它是不是已经来到，我们的本性在增厚变壮，谁又知道它不是妨碍我们估量自己生存空间的唯一障碍呢？

至于我，我有时感到自己身上有着预言家的滑稽可笑，我知道我绝不会得到某个医生的仁慈。沦落在这个丑恶的世界，人群擦肩而过，我如同一个疲惫不堪的人，眼睛望着身后那些幽深的岁月，有醒悟，有苦涩；而在他面前则是一场毫无新意的暴风雨，既无教益，也无痛苦。夜晚，这个人从命运中偷得几小时的欢愉，在消化中摇摇晃晃，尽可能地忘却过往，满足于现在，听命于未来，陶醉于他的镇定与浪荡中，为不像路人那么低贱而自豪，他凝视着雪茄升起的青烟，心想：这些思绪要去向哪里与我何干？

我想我离题了，尽说些行家们所谓冷菜拼盘之类的话。然而，我将留下这几页纸，——因为我要给我的悲伤注明日期。

这多么像一个青春期的诗人所具有的那种歇斯底里。换句话说，每一个青春期的诗人，内心都有一个波德莱尔。无论在纽约、东京、巴黎或上海，只要是具有诗人气质的人，多多少少都能从波德莱尔那里汲取令人动容的力量。他以“世界行将终结”为理念，正是意味着他与尼采一样有着“重估一切价值”的可能性，他看到的一切都是腐朽和不堪的，都是应该扫荡的。

“但那个时候必将来临：人性如同复仇的饕餮怪兽，将夺取人们以为从革命中合法继承的一切直至最后一块肉。而且，这还不是最糟的。”这么说的时候，波德莱尔显然意识到，他与这个世界的格格不入，他看到人性之中的贪婪、庸俗和丑恶，是他无法接受的，因此，也具有一种难言的悲伤气质。“感伤主义”正是波德莱尔发展出来的一种美学，苦闷、象征与颓废则是它的左膀右臂。波德莱尔是为了从感伤中寻找、迸发出巨大的诗意，这才是其根本源泉，他并不是一个为了感伤而感伤的诗人。也就是说，这种感伤是真诚的。他的词语滚烫而热烈，却又阴冷而沉郁。正是这种混合的作风，使得波德莱尔成为一个清晰可辨却又风格莫测的诗人。

某种意义来讲，波德莱尔是个“革命性”的诗人，他有着摧枯拉朽的力量。即便是他的情诗，也往往具有飞蛾扑火般的献祭色彩。他一生的命运和三位女性纠缠不休，时间最长的是一位混血儿，他甚至撞见其与他的理发师通奸，但终其一生，这位混血儿却是他的缪斯之神，他最多的情诗是与她相关的，颇有相爱相杀的气息。

混血儿叫让娜·迪瓦尔，是波德莱尔在 1842 年 3 月左右和好友画家纳达尔一同认识的。她是一名剧院演员，有着四分之一的黑种人血统，肤色偏深。她可能是一个尤物，混迹在诸多男性之间，也做过波德莱尔好友纳达尔的情妇。

波德莱尔偏偏为之着迷，与她同居生活，把他当作自己的情人——甚至在后来直接把她当作自己的妻子。《恶之花》中，总共有二十首诗歌是波德莱尔为让娜创作的。

如《黑发》："我要把我这迷醉而热狂的头，/ 永久地埋入你这乌黑发波的怀抱：/ 于是，我灵敏的思绪，得到它微颤的柔抚 / 仿佛重逢，在这无止境的芳香中摇荡！"（《恶之花》，文爱艺译，作家出版社， 2011）波德莱尔发明了一种修辞：短暂便是永恒；一瞬间的投入便是整个的宇宙；全部的感官都为之打开，并通向针尖式的战栗体验，以此获得最大的专注之力。

再如这首《忘川》：“为了消除怨恨，我要从你这高耸的胸脯，/这迷人的乳头上/吮吸毒芹之浆、忘忧之水，/它从未有过诚实。”（摘引同上）从一开始，诗人就是有毒的，这或许是他青年时期患有梅毒的干扰，他将“不洁”转换为“圣洁”，而这，又构成一种超强的修辞技术，正是在诗人强有力的美学转换中，“不洁”与“圣洁”构成了同构关系，“贞洁”与“淫荡”形成了统一体，“毒汁”与“爱液”成为深刻的生命源泉，葬送也即飞升，死亡也即新生，我想，没有一个爱人能拒绝这种狂热与虐杀的。波德莱尔的诗歌技术，如同在刀山火海之上行走钢丝，在危险的边缘如履平地，在惊心动魄的戏剧时刻坦坦荡荡。这也是他人始终写不出来波德莱尔式诗歌的原因，因为拿全部的生命孤注一掷，实在是庸常者、理性者无法去甘心冒险的事。

然而正是他这样一个亡命之徒，懂得他自己悲剧气息的来源。即便稳居于巴黎社交圈，他也具有纵身一跃、短暂惊魂的亡命天涯之思，他将此发展出了一系列的美学色彩，以此与时代肉搏与抗争。而这，正是中国白话文的第一代作家们，如周作人、闻一多他们首先所领会到的：关于城市文化、关于以身犯险的对抗、关于命运与国运的转归、关于阶级与情调、关于对肮脏与丑陋的辩证式认知。于是闻一多写出了《死水》，而周作人则多少引入了其颓丧的调子——意即对生命力的压抑的判断。

萨特被认为是“反波德莱尔”者，他所著的《波德莱尔》向来有自说自话的嫌疑。尽管萨特说波德莱尔是在进步的潮流中做了并不进步的举措，但这并不妨碍这位哲人吐露他的真知灼见。他评价说：“波德莱尔：感到自己是个深渊的人。骄傲、厌烦、眩晕：他一直看到自己内心深处，看出自己是无从比较的、无法沟通的、非创造的、荒谬的、无用的，遭到最彻底的遗弃，独自承担自己的重负，注定要独自为自己的存在找理由，而且不停地逃遁，从自己的手中滑走，退缩在静观之中，同时又投向身外，从事无穷的追逐——看出自己是个无底深渊，没有崖壁，也没有黑暗，整个儿一个光明澄澈的秘密，不可预料，却又一清一楚。”（《波德莱尔》，北京燕山出版社，2006）

萨特的这个论点可谓是十分嚣张地点出了波德莱尔的一幅肖像，不管是否传神或有误认，但其下笔则异常独断与截铁，总之这是一段深刻的论述。他向我们展示了一个处在矛盾与深渊之中的诗人，这个诗人在不停地拥抱外部世界，却又不停地予以否认，退缩、退回到自我感官、自我发作以及自我嘲讽。正是萨特这样一个“反波德莱尔派”，重新擦亮了波德莱尔，划出了波德莱尔的刻痕。比起本雅明避重就轻地对都市文明史的打量，萨特要刻骨、露骨得多，他没有轻易滑向王顾左右而言他的境地。

因此有必要更多地引用萨特的言论：“他的懒惰的形式，有时是麻木，但是更经常的形式是一种狂热的、毫无结果的骚动，这种骚动知道自己是徒劳无功的，而且一种明察秋毫的清醒使它好比中了毒，不可能有所作为；从他的书信，我们可以看到他像一只固执的蚂蚁，每次掉下来后又重新开始。这是因为，没有人比他自己更清楚他的努力的无用性。假如他也行动，那也只是，如他自己所说的那样，出诸爆发、出诸痉挛，当他能在某一片刻瞒过自己的时候。”本雅明对波德莱尔的描述，除了有诗歌文本的分析之外，他更多地是向目光探寻到巴黎的都市生活，反而是萨特能够集中火力地对诗人进行剖析，以此表达了波德莱尔所存在的边界。没错，这个边界是由萨特划定出来的。

萨特曾说："在任何人身上，在任何时刻，都同时有两种诉求，一种指向上帝，另一种指向撒旦。" 萨特因此认为：呼吁上帝，或精神性，是上升的渴望；呼吁撒旦，或兽性，是沉沦的欢乐。

于是人显示自身好比处于两种相反力量作用下的一种张力；而每一种力量归根结底都致力于毁灭人性，既然一种指向天使，那么另一种对准禽兽。帕斯卡写下"人既非天使亦非禽兽"的时候，他把人设想成某种静止状态，某种位于中间的"本性"。对于波德莱尔绝非如此，波德莱尔的人不是一种状态：这是两个既方向相反又是同样离心的运动的交错，其中一个向上，另一个向下。

因为这里所说的人的兽性——如同人的天使性——应理解为其强化的意义；这里指的不

仅是众所周知的肉体的软弱性或者低级本能的强大性；波德莱尔不限于为道德家的说教增添一个色彩斑斓的形象。他相信魔法，而“指向撒旦的诉求”对他来说是一种巫术操作，其功能类似原始人披上熊形面具，跳起熊舞，便“变成熊”了。

萨特想说的是：“对于他明天将是的那个人，今天的他无能为力。他是自由的，这就是说他在自己身上和自身之外都找不到任何阻力来反抗他的自由。他俯向这个自由，面对这个深渊他感到眩晕：在精神上和肉体上一样，我感到如临深渊，不仅是睡眠等的深渊，而且是行动、梦寐、回忆、欲望、遗忘、后悔、美、数等的深渊。”

我们如此钟情于萨特的描述，正是因为本雅明以其“现代性”的魔力抢占了对波德莱尔的话语权，而使得对波德莱尔的研究走向了另一条途径，走向了文化研究的道路。如今必须重新回到萨特对波德莱尔的审视，这个审视在今天是如此稀薄，但它依然重要，并且可以使得波德莱尔返身回来，接受我们的再一次凝视。

我们知道，波德莱尔最早的诗篇发表在比较小众的文学杂志上。直到 1855 年，一个较为著名的法国文学杂志《两个世界评论》

接收了波德莱尔的18首诗篇。《恶之花》就构成了诗篇总体的名字。同年11月，《费加罗报》杂志发表评论，针对波德莱尔的作品语气严厉，极不欣赏。

1857年6月，他出版《恶之花》，一共收集了100多首诗。时任《费加罗报》的记者在同年7月发表文章批判《恶之花》。这篇文章被认为是一种揭露。在它发表后，法国的内政部长很快就关注到，并向法国的司法部长专门谈了《恶之花》的问题，于是波德莱尔不得不出现在法庭上。

对波德莱尔的攻击主要是两条：一是败坏宗教道德，他的几首诗被视为渎神，比如提到撒旦，对神不尊重；二是有伤公序良俗，比如说，他的一些诗歌属于色情诗歌，对性的描写太为露骨。在《费加罗报》上点名批评的几首诗兼具二者的罪名。这是对他的第一波批判。

在这两条公开的开庭理由之后，其实暗藏着第三条理由，即“现实丑陋主义”。这也是实际上让读者们震惊的一点——波德莱尔描写了世人认为不应当写给读者阅读的内容。其中有一首特别有名的诗，以腐败动物为题。这首诗歌在当时的民众中阅读量很大，它描写诗人陪同一位美丽而富有魅力的女性散步，这两个人偶遇了动物的尸体。波德莱尔在诗中详细描述了一个动物已经死亡、肉身不断腐烂的场景，同时对陪伴他散步的美女说："看，将来你也会变成这样。"

就是这首被广泛阅读的诗歌，引起了读者的极大震惊。但这类"现实丑陋主义"带来的感官冲击，不足以成为司法条款，更不可能被提上法庭批判。此外，波德莱尔也不认为"现实丑陋主义"是他写诗时的考量标准，他认为诗歌展现的是一种神学的原理。

最后的评判结果是，波德莱尔本人及其编辑都被罚款，同时要求编辑把已经发表的《恶之花》当中六首相关诗歌删除。

波德莱尔最终消解了这场官司，而也使他成为当时巴黎争议最大的诗人，他由此获得了显著的声望。但他对声望最终又是绝望的，他就是持这样一种混合态度的人。他的诗作中有大量的字眼包含：死亡、腐尸和地狱。他的中年之死也被想象为被贫穷、疾病和阴郁所击倒。

接收了波德莱尔的18首诗篇。《恶之花》就构成了诗篇总体的名字。同年11月，《费加罗报》杂志发表评论，针对波德莱尔的作品语气严厉，极不欣赏。

1857年6月，他出版《恶之花》，一共收集了100多首诗。时任《费加罗报》的记者在同年7月发表文章批判《恶之花》。这篇文章被认为是一种揭露。在它发表后，法国的内政部长很快就关注到，并向法国的司法部长专门谈了《恶之花》的问题，于是波德莱尔不得不出现在法庭上。

对波德莱尔的攻击主要是两条：一是败坏宗教道德，他的几首诗被视为渎神，比如提到撒旦，对神不尊重；二是有伤公序良俗，比如说，他的一些诗歌属于色情诗歌，对性的描写太为露骨。在《费加罗报》上点名批评的几首诗兼具二者的罪名。这是对他的第一波批判。

在这两条公开的开庭理由之后，其实暗藏着第三条理由，即“现实丑陋主义”。这也是实际上让读者们震惊的一点——波德莱尔描写了世人认为不应当写给读者阅读的内容。其中有一首特别有名的诗，以腐败动物为题。这首诗歌在当时的民众中阅读量很大，它描写诗人陪同一位美丽而富有魅力的女性散步，这两个人偶遇了动物的尸体。波德莱尔在诗中详细描述了一个动物已经死亡、肉身不断腐烂的场景，同时对陪伴他散步的美女说："看，将来你也会变成这样。"

就是这首被广泛阅读的诗歌，引起了读者的极大震惊。但这类"现实丑陋主义"带来的感官冲击，不足以成为司法条款，更不可能被提上法庭批判。此外，波德莱尔也不认为"现实丑陋主义"是他写诗时的考量标准，他认为诗歌展现的是一种神学的原理。

最后的评判结果是，波德莱尔本人及其编辑都被罚款，同时要求编辑把已经发表的《恶之花》当中六首相关诗歌删除。

波德莱尔最终消解了这场官司，而也使他成为当时巴黎争议最大的诗人，他由此获得了显著的声望。但他对声望最终又是绝望的，他就是持这样一种混合态度的人。他的诗作中有大量的字眼包含：死亡、腐尸和地狱。他的中年之死也被想象为被贫穷、疾病和阴郁所击倒。

萨特是如此理解他的："波德莱尔对自己的无用性如此深刻的直觉，便由此而生。挥之不去的自杀念头，对于他与其说是结束生命的手段，不如说是保护生命的方法。他之所以能频频考虑自杀，是因为他感到自己是一个多余的人。"

这便回到了我们开始的话题，作为预言家的波德莱尔说："世界行将终结。"刚刚出生的一个婴儿，一个世纪的弄潮儿，一个巴黎的宠儿和孤儿，他也许在出生时便具有这种自由意识："世界行将终结。"他就是在一个自己所营造出来的悲剧气氛中所诞生的，他也实践了这样一种"恶之诗"的诗性人生，并且将其感伤和"颂恶"的才华保持终生。他发现了潘多拉魔盒中的悲剧与诗意，并且打算与其一起葬送，他正视而不逃避，呈现而不躲闪。

人作为其自身的目的，明了世界行将终结，也终将终结自己而抛出这个世界。波德莱尔就是这样一位了不起的诗人。

图书在版编目（CIP）数据

论孤独 / 胡赳赳著. -- 北京 : 中译出版社,
2021.7

ISBN 978-7-5001-6692-4

Ⅰ. ①论… Ⅱ. ①胡… Ⅲ. ①随笔－作品集－中国－当代 Ⅳ. ①I267.1

中国版本图书馆CIP数据核字(2021)第129083号

论孤独
LUN GUDU
論孤獨

出版发行 中译出版社
地　　址 北京市西城区车公庄大街甲4号物华大厦6层
电　　话 （010）68359376　68359303　68359101
邮　　编 100044
传　　真 （010）68357807
电子邮箱 book@ctph.com.cn
责任编辑 顾客强　王 滢
装帧设计 今亮后声
印　　刷 北京中科印刷有限公司
经　　销 新华书店
规　　格 880mm×1230mm　1/32
印　　张 9
字　　数 165千字
版　　次 2021年9月第1版
印　　次 2021年9月第1次印刷
ISBN 978-7-5001-6692-4　定价：58.00元

中 译 出 版 社

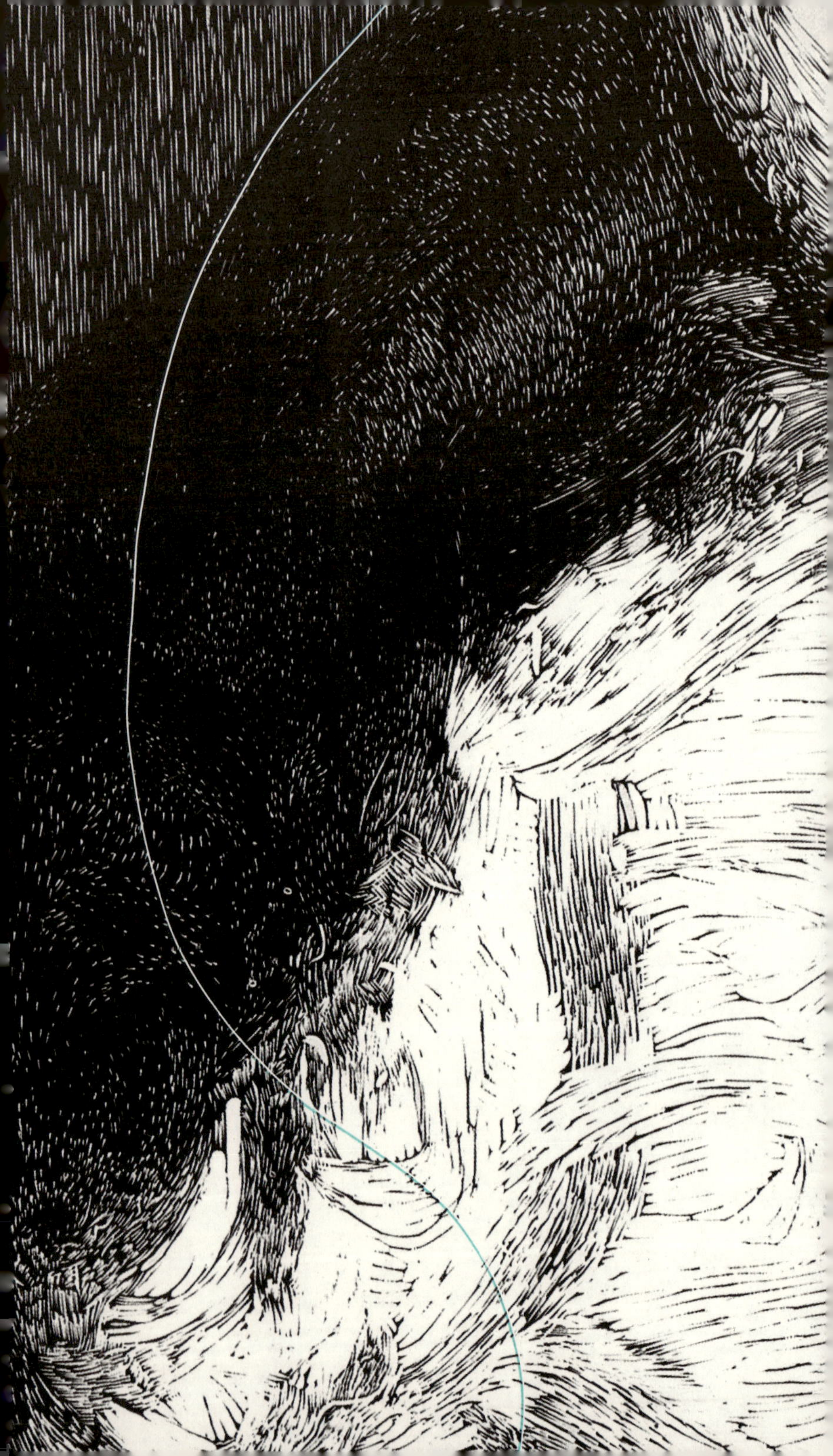

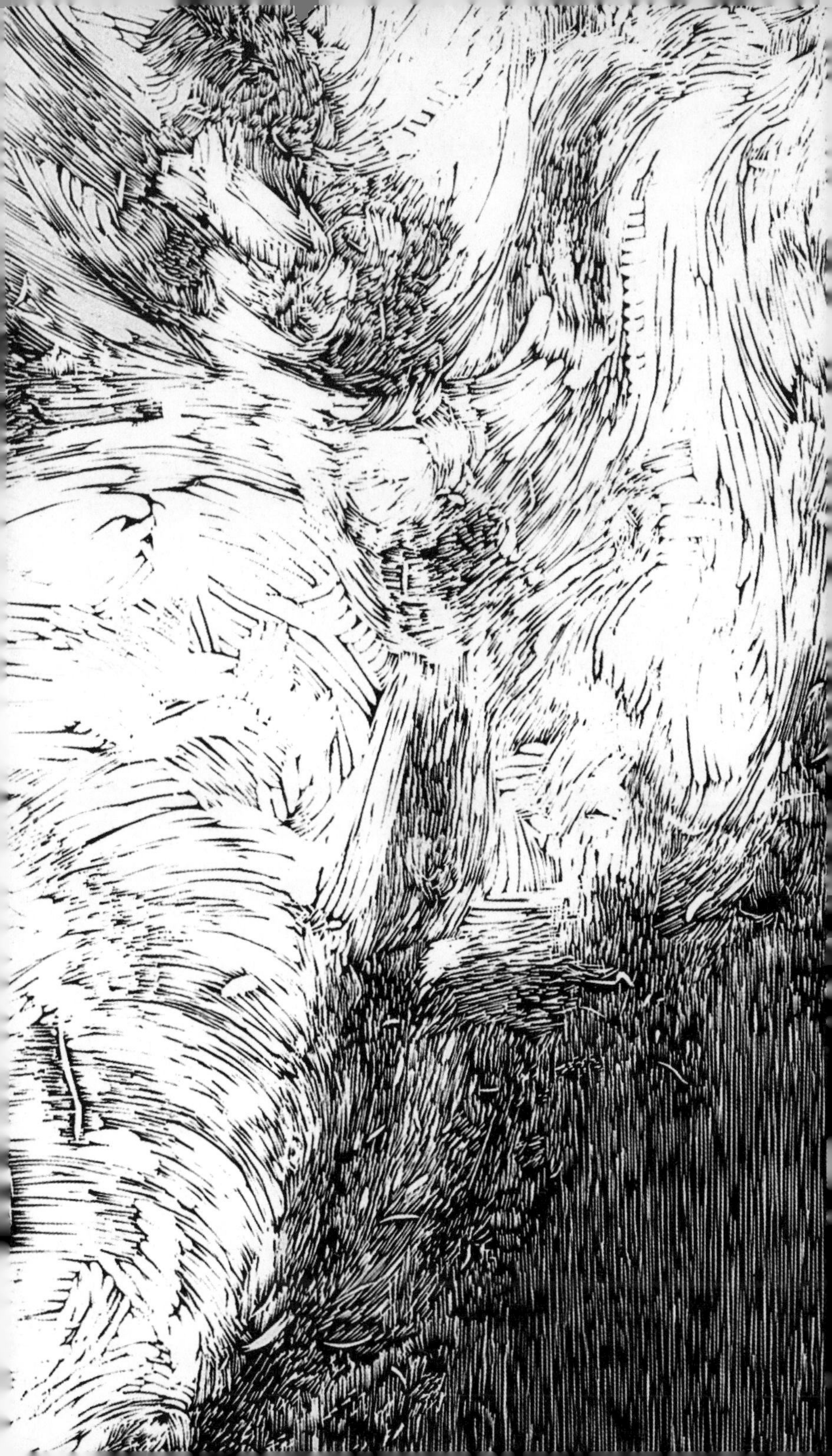

胡赳赳

十一种孤独

我相信三世生命

一

我相信三世生命，却尚未起
出离心，假装岁月静好

我深陷一些执念，沉溺于
流淌的火和飞升的水

我仿佛走在自由的土地上
其实，每阵风都有编号

我面对的不是黑暗的影子
而是黑暗本身，如积极的念

二

无论如何都必须要这个世界
醒来啊，远离颠倒梦想

肉身怎么都活不出新意
我抬起头，若山拈花一笑

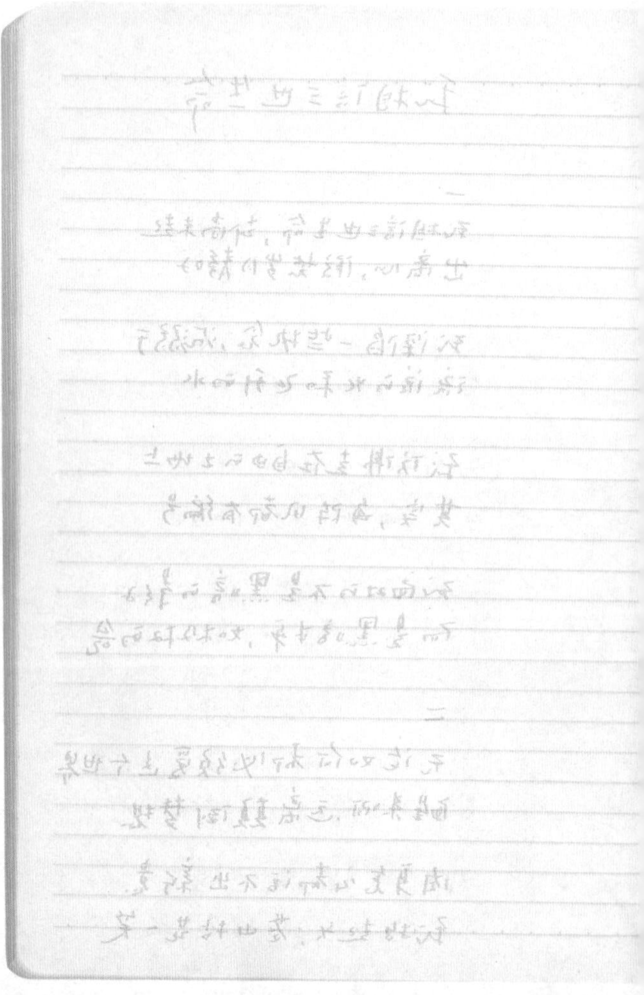

对真理太傲慢，却顺从
词语，蟾蜍跳出幽幽的古井

善是最高的存在，诗应该
向它无限靠近，像光照进海

赵野，2021

胡适适

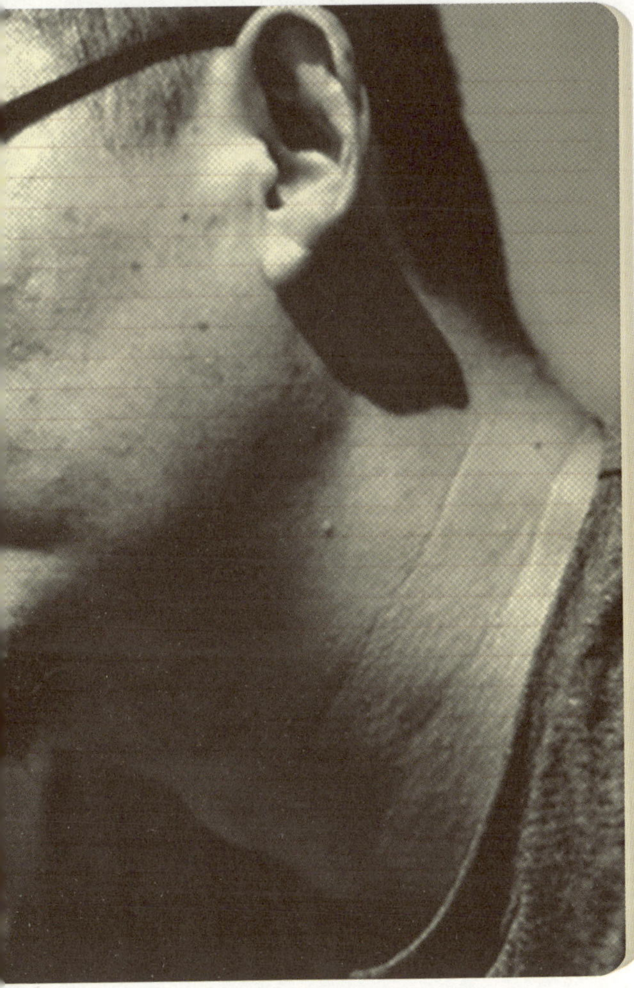

獨照

孤境

十一种孤独

真水无香
海浪拍打大地
独自穿越独库公路
看花时不见花的明白
无人喝彩的黄昏
未完成的小说开头
服下毓婷
套上套头衫
想见古人风度
微信上的敷衍
礼貌性交尾

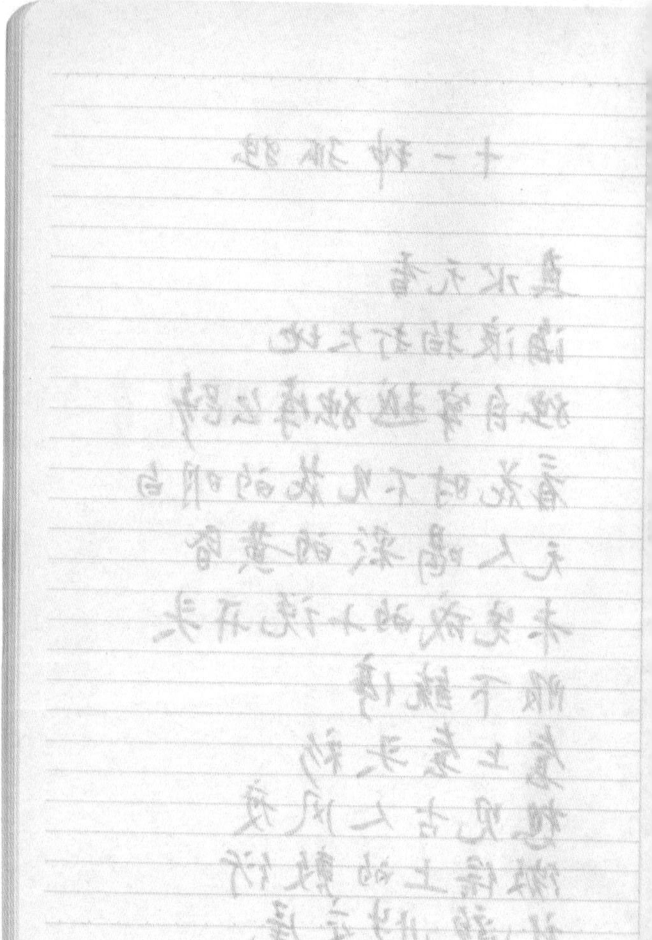
十一种孤独
真水无香

迈一双步子上了楼梯
进入室内，关闭门户
窗纱和玻璃都拉上
自我封闭，似死循环
呆坐，兀自跌坐
电器的指示灯幽幽发亮
人间垂垂老矣
我们乎还有活力喝一口水
看白发白到根部
眼睛白到白内障、
手臂上长满白色的癣
远远丈量，室外如白色的牛奶
在溢动。

做一个隐忍的人
一言不发，节制、克己
恢复礼遇
对待周遭了如如白痴
浅浅地行走，撞大运
抬头不需要北斗星的指引
埋头寻思一段旅程
一段无需开始的旅程
也无需结束
左右手交叉，结成圆形
不只方物的圆形
从这里连结到全世界

一团精神的微火
只照亮自己的局部
内部的局部，一小片面积
烛照到了，摇曳的火
不确定，不太温暖
聊胜于无
血管与神经，有微微的温度
体液与胶质，有微微的气息
甚想端给你，但又拿不出手
甚想裸露一切，但又不是美的
穿上衣服，一览没有余地
稍稍地正常，迈几步，行得稳了

破除烦闷，开窗子
打孩子。景致无二端
心是同体大悲的
我筑起墙，而你拆了它
在这无边的恐惧中
即便沉睡也不放过
闻过了人世间的气息
一切变得安逸了
把此处作为最集中的点
直直地注视
直到死亡把我清空

舍去来事
锥收起，锋利还在
看着下山流水
从山间汩汩而出
有几枝桃花
不知谁插的
我宴坐，忘了归途
沉入无尽的空茫中
身躯皆已融化
语言也已奇妙地无用
妙哉，妙哉
喜悦包围我，也包绕流水

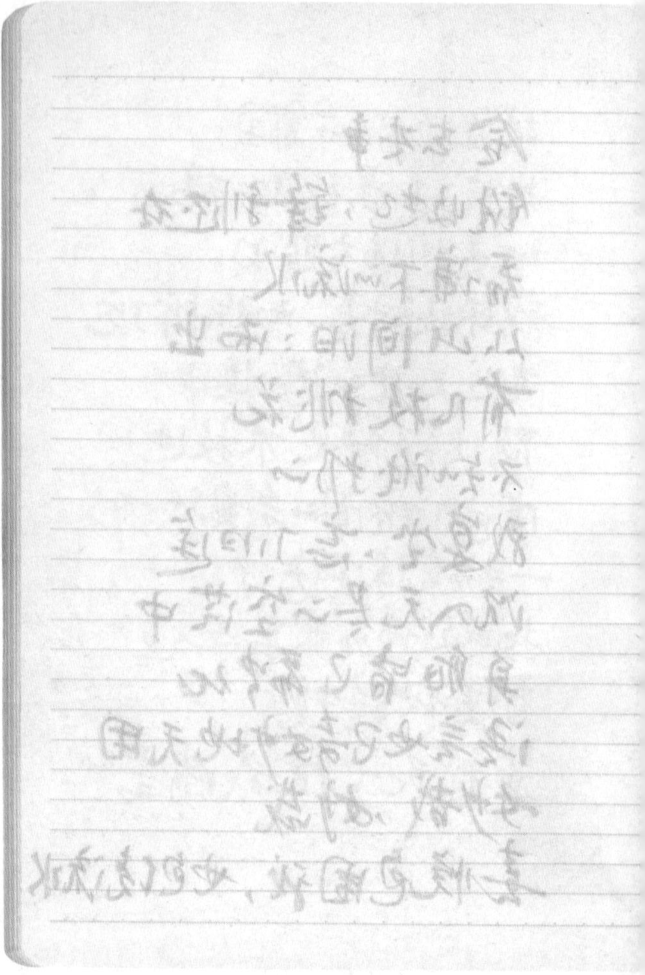

端详那一片黑暗
呼吸只是静悄悄的
有些意识在自然发展
有些人为的力量推动着社会
不被了解的因素加入时
变成偶然。但偶然也是自然的一种
无常也是正常的一部分
自然的也是必然的
无常的也是如常的
心之境
端详了物之境。

周边的世态纷纭而杂乱
你不可能周全、周到地面对一切
有时候心有余而力不足
发出长长的叹息
有时候感叹分身乏术
无九头六臂的功力
那么只能专注地去做正在发生的了
只是去做而已，那未做的送去心念
和祝福
在我的观察的同时
那些事物的水草自如地扩
散开了。

那心境淡泊得来有些悲一样
这真吓人，不是吗
世界就此消停了，只有呼吸
若有若无，这无法与他人分享
内在的感受在发生作用
一片透明的、皎洁的寧
只有明月和碧潭与之堪比
没有去来和过往，
精子尚未遇见卵子
天地构精之前，
石未破天未惊的早晨。

虹吸的人在北
虹在西南
朋自宴坐，而不来
大雾不请自来
鹏的九万里错愕惊飞
其面颊如雾中人虚度
因为雾漫漫，其修远
每一个颗粒都根植于自我意识
这是渊薮，义人起义了
不分青红、皂白
黄叶、绿巾，忧伤的肺活量
鹤形人隐遁于山林。